PATA

PATA

帕塔

文佳煐的私人時光

對於習慣用角色表達的我來說

連寫作時都需要一個角色。

現在開始，就稱呼沒有勇氣的我為「帕塔」吧。

帕塔的故事可能是全部真實的，

也可能是全部虛構的，

也可能是混雜著一部分真實的。

不管你相不相信。

致最終仍踏上不朽之路的自己，

目次

輯一
存在的痕跡

輯二
腦中的念頭

附錄

爸爸寫的育兒日記

輯一

存在的痕跡

01

「你必須受懲罰，活在沒有我的世界上。」

帕塔站在那，面向我說道。

為了重新想起這樣消失的她，

我能做的就只有回憶，跟隨她，寫下來。

也就是記錄。

02

「如果沒有信心比我更會說謊，一開始就不要說」。

這是她的口頭禪。

帕塔總是對欺騙自己的人這樣說。

不，如今這句話在與人初次見面時，就會提前警告對方了。

帕塔也不知道自己哪來的自信，對說謊有如此堅定的信心。不，就算知道這股自信的來源，在謊言層出不窮的世界裡，還是只會繼續受傷，這點她心知肚明。

只是毫無意義的一句話。

無意義的謊言與無意義的警告。

重複著重複著。

「我什麼都知道。正因為太瞭解自己的無知，沒有什麼能騙得過我。如果連這樣的信念都沒有，這輩子我永遠找不到你。」

03

從這雙手被遞向另一雙手；從這個懷裡被傳到另一個懷裡；從這個世界被帶往另一個世界。就這樣不斷被移動的帕塔。

從小不管到哪，帕塔的雙腳幾乎沒有落地。多虧那些一下將她抱起就再也不放下的大人，帕塔很快就適應了那樣的視線高度。

被傳了一圈後，重新回到媽媽身上，帕塔的臉頰總是沾著長輩阿姨們愛意的口紅印與香水味。當媽媽用拇指隨意搓揉帕塔的臉頰時，帕塔說道：

「媽媽，今天吃冰淇淋可以在上面加鮮奶油嗎？」

在回家路上的巷子轉角，有一間帕塔跟姊姊喜歡的冰淇淋店。她們被規定只有禮拜天才能吃冰淇淋，要加鮮奶油的話需多付五百元韓幣，因此只有偶爾獲得媽媽同意時才能加。

「好吧，就加一點。」

一定是那些口紅印讓帕塔的臉頰有了腮紅效果，媽媽心軟了。回家路上，爸爸與媽媽各自牽著姊姊與帕塔。媽媽拉著帕塔的手，阻止她老是想走那條凹凸不平的上坡路。

「會摔倒。」
「這樣才能更接近姊姊的身高呀。」

姊姊走在前方，帕塔一直注視著她的背影。『哇…是左腳先踏出去。左腳、右腳、左腳、右腳……。』與姊姊步伐一致地走著，帕塔感到莫名的滿足。
這時，

姊姊突然轉過來，將湯匙插進帕塔的冰淇淋杯裡。帕塔盯著被偷襲的冰淇淋杯，心想，

『怎麼可以吃這麼快？不管我嘴巴張得多大也沒辦法跟上姊姊的速度……姊姊不只長得比我高，跑步也跑得比我快，真的很帥氣。我的冰淇淋……姊姊好討厭，但又好喜歡她，但又好討厭。下次我要吃得更快一點，連姊姊的份都要搶過來……啊，是左腳。左腳，右腳。』

就算明顯感到煩躁，仍要跟姊姊步伐一致心裡才會舒坦。

在帕塔心中，姊姊卡莉一直都是她的英雄。

從以前到現在都是，往後也會是如此。

04

媽媽開著車，一邊告訴帕塔：「永遠要真誠對待眼前的人。」

帕塔看著穿越斑馬線的行人，一邊說：
「媽媽好殘忍。如果知道我受過什麼樣的傷，應該就不會那樣想了吧。」

沿著帕塔的視線，媽媽將目光看向同一處並回應：
「是嗎？即使如此，只要真心相待遇見的任何人，所有人都會站在你這邊的。」

紅燈變成綠燈的瞬間，帕塔又說：
「……媽媽真壞。」

媽媽將腳鬆開煞車踏板，對帕塔說道：

「因為我的女兒可以包容一切呀……我希望我的女兒能做到。」

依然像個孩子般感到委屈，帕塔將頭撇向車窗。媽媽最後那句話不斷迴盪在她的腦海，像窗外一再快速掠過的樹木一樣。

『我希望我的女兒能做到……』

05

走在路上時，她經常會把手搭在樹上。

她會湊上前觀察蟲子是否在爬行，也會抬頭看看樹木擺動的方向，以及輕輕地撫摸。

夏日特別炎熱的某天。

穿著藍色裙子與白色襯衫、戴著耳機的帕塔，每天放學回家都必須穿過三個斑馬線。紅燈使她停下了腳步，帕塔今天也毫不猶豫地將手伸向了路邊樹木。

靜靜閉上雙眼的她，好像是在唸禱告詞。

帕塔看見剛才貼上樹幹的手掌上印著樹皮的紋路。像成為了樹的一部分，她看起來很是滿意。

此時，紅綠燈閃爍著警示她，不會再等待她跟樹木寒暄。

06

「分手吧。」

「把我寫給你的信拿來。」

從這段對話可以知道，對帕塔而言，自己寫的信比關係的結束還重要。落在白紙上的一字一句無不代表她的情感，她那滿溢的愛沿著韓文母音的最後一筆劃傾瀉而下。帕塔喜歡反覆閱讀自己寫的信，畢竟出自她手的情書是連她本人看了都會心動的程度。如果有人也能這樣寫信給帕塔就好了。

帕塔抱著一堆信回到家裡，感到安心。

『我收回了我的心意。我沒有失去任何東西。』

07

「不過你為什麼不跟我講你的故事？」

帕塔的朋友坐在一旁，用一副失落的表情看著她。剛分享完自己好幾個秘密的朋友一口氣把飲料喝光，嘴裡含著滿滿的果汁。『嗯？我又沒有要你講出自己的秘密，怎麼反過來要求我也交出對等的秘密？』帕塔心想。

「嗯⋯⋯這個嘛⋯⋯你想聽什麼故事？」

帕塔在腦海裡搜尋著同等分量的秘密，心神不寧。

蒐集秘密成癮的帕塔，對於要在眾多秘密中取出哪一塊碎片交換，毫無頭緒。

如精巧的疊疊樂般，深怕秘密堆疊而成的高樓會崩垮。

帕塔將凸出來的一小塊秘密切下來給朋友。

秘密的交換。

08

『你只管開心就好』

掙扎著是否要加上句點的帕塔，最終蓋上了筆蓋。

現在只需要把紙的外圍用火微微燒出燻黑效果就大功告成。在找火柴時，帕塔腦中浮現小時候和姊姊一起把新買的童話故事書弄得皺爛的事。她們把揉爛的童話故事書偷偷塞進爸爸的書房，接著像檢查古老禁書般，演戲假裝是第一次見到。皺巴巴的書頁必須小心翼翼地翻閱，過程中姊妹兩人會頻頻相視，一起共享驚訝的瞬間。

像挑食一樣，書也是挑著讀的帕塔，有一天興奮地告訴姊姊她發現了閱讀經典小說的樂趣。「恭喜你，和人們又遠離了一步。」姊姊笑著說道，帕塔也跟著笑了起來。領悟到獨處的時光本身就是一種經典的姊妹兩人，既是獨自一人也是彼此同在。

帕塔今天也用沾滿鋼筆墨水的手，拿著信向郵局走去。

09

帕塔把手伸進裝有五顏六色膠囊的小罐子裡，翻找了好一下。苦澀的黑色、甜蜜的米色、香醇的綠色、濃郁的紫色、清爽的藍色。

待手機震動了兩聲才接起電話的帕塔，
發出簡短的「嗯」，取代了「喂——」

「我要結婚了。」

「……這台詞很老套。」

帕塔抓起紫色的膠囊。

「應該先恭喜我吧。」

「當然恭喜啊，我全心全意恭喜你，我終於也要有已婚的前男友了。」

帕塔調皮的聲音裡只有輕鬆的情緒。她一邊聽著電話另一頭傳來備婚的過程，一邊盯著吞噬膠囊的咖啡機，想起了他們兩人的往事。

二十歲的帕塔哭著，聽筒的另一端傳來了嘆息聲。

「我沒有辦法決定……」

「帕塔……不可能同時愛著兩個人的。」

「但是我兩個人都愛啊？是可能的……」

帕塔帶著哭腔的話讓他更加心痛。

「先別哭了，好好想想。對兩個人的喜歡不可能是50比50，就算是49比51也無妨，你要好好釐清自己的心意。沒事的，帕塔，別哭了，沒關係。只是你苦惱得越久我會越痛苦，所以希望你可以認真思考後告訴我答案，知道了嗎？」

當時的帕塔不懂愛是什麼。認為平靜就是愛情的結束。因為當時帕塔年紀還小，還可以用名為好奇心的包裝紙包裝一切。他甘願不去拆穿這樣的帕塔，甚至還反過來安慰她。對於找到那51並離開的帕塔，他從來沒有一句責備。時間證明了他的成熟，也讓帕塔體認到對他有無限的感激。她的戀愛方式與他非常相似。

帕塔端起搖晃的咖啡杯，問道

「你現在還認為同時愛著兩個人是不可能的事嗎？」

他說：「這個嘛……活久了就覺得你說的話也可能是對的，有什麼事是不可能的，怎麼了，過了十年終於反省了嗎？」他還是一樣，是個不會放棄去理解的人。

『活久了才發現，要同時同等地愛著兩個人或許是不可能的。』

帕塔沒有吐露腦中的想法，而是說了：

「反省嗎……你也知道的，在我身上要容納愛情的房間實在太多了。」

「你依舊是個瘋子。」

同時笑出聲的兩人，沒有說再見就掛斷了電話。

帕塔心想，

『紫色的風味確實很深厚。』

感覺不對勁。

肯定有哪裡不對。

帕塔冷靜地起身，打開冰箱門又重新關上。沒辦法了。她從架子上拿出最喜歡的馬克杯，靜靜看著泡在熱水中的茶包。

但不是這個。

帕塔沒有一絲猶豫、抓起車鑰匙便走出家門，在穿過停車場時原本規律的步伐突然錯亂。她停下腳步，緊咬嘴唇。

『這也不對……』

最終還是回到家，開始整理行李。僅僅是要出發去某個地方就足以改變她的心情，這是最後一道設定。她打包行李的手沒有停過，迫切地希望這種感覺能夠消失或改變。好不容易拉上行李箱的拉鍊，提著行李、站在玄關的帕塔。

沒有目的地，沒有任何改變。

感應燈熄滅，帕塔承認為時已晚。

被某種東西吞噬了。

那個東西顯然就是她自己。

11

仔細盯著混在人群中的某一人，越是偷聽他說話，帕塔越確信。她小心翼翼地靠近，輕聲開口說。

「請問……？」

在帕塔問出口前，那位男子已經向她介紹自己是邊界人。

那些不屬於、也不完全脫離群體的人，帕塔稱他們為「邊界人」。

站在邊界上的邊界人，他們不會離開那條線，但也不會融入其中。有時會不顯眼地與人相處，卻又不合群。和他人待在一起，卻也獨立存在。帕塔特別喜歡這樣的邊界人。

一瞬間卸下心防的帕塔，向那位陌生的邊界人傾訴了一個小小的自白。在這之前她曾擔心這個自白會被別人用異樣眼光看待。

「我正在尋找自我認同。」

「這是很棒的時期。」

「但連個影子都沒看見。」

帕塔尷尬地笑，而邊界人看都沒看她一眼就說：

「每年要攀登的階梯高度都不同，深度也不同，看來這次的階梯比去年來的高吧，所以你還在適應。這不是一個混亂的時期，而是提早上門的祝福。你必須找到自我認同。那將會影響你往後幾年。不用試著整頓，就做成拌飯吧，這是一個很棒的祝福，所以不必老是想去探討，你只需要觀察就好。」

準備離去時，邊界人再次轉身看著帕塔的眼睛。

「對了，邊界人是不屬於任何群體的。我們只是待在邊邊，是那些人來找我們玩。也就是說是我們陪他們玩的。」

「我們？你怎麼知道我是不是邊界人？」

「邊界人自有認出邊界人的方法。祝你順利找到自我認同。」

邊界人離開了。

他們兩人連彼此的名字都不知道，就這樣分道揚鑣。

12

有天，帕塔為了躲避太陽的曝曬，靠著一幢擁有不規則倒三角形陰影的小房子。在她正前方有一台故障的自動販賣機，所有飲料上的紅色×按鈕醒目地閃爍著。

這時，從帕塔的肩膀一側傳來「啪」的一聲，接著聽到地板傳來「啪嗒」一聲。

帕塔不敢往地板看，努力想靠「它」碰到肩膀時的觸感，來猜測是什麼。

帕塔依舊盯著自動販賣機，就算「它」依稀出現在眼角餘光中，也固執地不願往那裡看。她決定先往上方看看。

這棟建築物沒有任何窗戶，所以應該不會是誰丟出來的東西。在建築物的上方有天空。雖然是再平凡不過的事卻覺得很新鮮，『有天空耶。』想到這才終於確認地面的帕塔，慢慢離開陰影向「它」走去。

「它」沒有任何聲音。

「它」原本一動也不動，但現在動了。

「它」是藍色的。

「它」是比她的手還要小的鳥。是一隻藍色的小鳥。

沐浴在陽光下的藍色小鳥閃閃發亮。不，準確來說不確定牠是不是真的閃閃發亮。

除了鼓起肚子呼吸外，藍色小鳥似乎做不了其他事情。

帕塔雙手捧著的「它」很溫暖。她將藍色小鳥放在蒐集來的柔軟落葉上，還去附近的便利商店買水回來。如果只有自己一個人是絕對不會買的。

倒在瓶蓋裡的水是給「它」的，剩下的則是帕塔的。

她面對藍色小鳥坐著，再次抬頭看向天空，再看看藍色小鳥。

那一瞬間她產生了一個錯覺，覺得自己的血也有可能是藍色的，並且認為那會非常美麗。

帕塔守在藍色小鳥身旁許久，直到天色暗了下來，「它」準備離開了。對於沒有任何道別就飛走的「它」，帕塔沒有感到失落。

拿著空瓶子回到家的帕塔，提筆寫道，

『藍色的小鳥寶寶掉到了我身上。感覺會有好事發生，我把我一半的幸運分……』

一半？給討厭的你一半的幸運是不是太多了？帕塔把「一半」塗掉，重新寫下。

『藍色的小鳥寶寶掉到了我身上。感覺會有好事發生，我把我三分之一的幸運分給你，因為你是嬌小又珍貴的，因為我比任何人都希望你幸福。』

最終帕塔將自己不到一半的幸運分給了別人，而那封信沒有任何回音，也永遠不會有的，帕塔心知肚明。

帕塔逃跑了。

連飛機餐也沒吃，只是用遙控器操作著螢幕。畫面上出現繞著地球的小飛機圖案，確認還需要飛八小時後，帕塔閉上了眼睛。後來她才知道，原來這時早已遭受嚴重感冒的折磨。

一進飯店房間帕塔馬上抓著馬桶，試著想把不舒服的胃翻遍。她埋怨著乾嘔，將眼角因痠澀泛起的淚水硬生生眨了回去。窗外一片漆黑，當時也才剛要晚上八點，已經沒有一戶人家燈是亮著的。嘴裡含著牙刷的帕塔望向窗外，什麼也看不見。

她努力過了。比如為了吃喜歡的食物奔走或看喜歡的展覽；比如在太陽升起的時間到河邊跑步，餵鴨子吃東西；比如喝咖啡；比如打開書本閱讀，閱讀，同個句子再讀一次，闔上書本，打開再讀一次。問題在這。問題在這。問題在這。問題在這。問題在這。問題在這。就是這種感覺。儘管一個字都無法領會，帕塔並不覺得意外。

她拿出事先買好的法棍三明治，將書本闔上後看著河畔。恰到好處的藍綠組合並不得帕塔的心。『倒不如讓綠色支配世界就好了。』
帕塔時常有這些想法。濃密的森林茁壯到覆蓋了整個天空；即使張開雙臂也遠遠無法環抱一棵大樹；抬頭仰望的樹木高不見頂，只有被允許的藍隱約從綠色縫隙中透出；擁抱河水的泥土變得濕潤並呈現明亮的褐色，將手伸進泥土裡……

震動聲響起，帕塔眼前又變回普通的河畔。
「如何？出去旅行覺得很幸福吧？」

盯著手機的帕塔沒有回覆那則訊息，而是將回去韓國的班機提前了。這個決定比任何回覆都來的明確。帕塔用舌頭舔了舔上顎，發現破洞了，顯然是法棍麵包造成的。

曾經問過帕塔，當時想逃離的東西是什麼？帕塔沉默了許久，眼神飄移了好一會才終於開口。

「因為大家總是要我幸福……」

「大家總是希望我幸福，那些人的期望厚厚地黏在我身上，完全不會脫落。」當有人說：「你知道大家會這樣是因為愛你吧？」帕塔回覆：「知道啊，我知道是我不領情。我討厭這樣。大家老是把我變成壞人，我就只是活著，卻一直叫我要幸福！大家似乎不知道這是錯的，不知道這種想法有多自私。」

「我就是想逃離這沉重的任務，卻又在我離開後問我這種問題，問我去旅行幸不幸福，然後等我回來後又再問一次：『如何？旅行完回來覺得很幸福吧？』，你猜我怎麼回答。」

「我說我很幸福、很放鬆，給了他們想聽的答案。」
帕塔說，那些人在聽到她表示自己很幸福後才終於露出滿意的表情。
她閉上了嘴，用幾乎聽不見的聲音喃喃自語。

「是我輸了。」

14

「基本上不會有人跟你具備同樣的經驗和理解，包括看待事物的眼界也不同，別人沒有辦法感受、思考、明白你的體會。所以孤獨是必然的，帕塔，不要抱有期待。」

是從那時候開始的嗎。

不，在更早之前就開始了，很久很久之前。「期待」這個詞被人們深深藏起，或者「期待」這個詞就像變成威脅的警告。這兩種期望都不受帕塔歡迎。她喜愛的是確信，不是期待；她需要的是認可，不是期待。沒人能知道被隱藏在深處的期待，甚至連帕塔自己也是等到眼淚在眼眶打轉，才意識到期待的存在。在那幽深處、先前沒能看見的期待。這是她自尊心最受挫的時刻，也是她切身感受到自己身而為人的時刻。她不由地發出無奈嘆息，說道：

「心情浮躁時，人可以壓抑下來；心情低落時，人可以大吸一口氣；但期待存在時，就會把一切全毀掉沒有辦法。」

帕塔這種堅定的表情，大家稱之為平常心。而每過一段時間就會有動搖平常心的人出現，永遠說著相同的話。

「帕塔，不必連在我面前也要假裝堅強，你可以依賴我沒關係的。」帕塔口頭上回應知道了，卻躲在厚實的牆後小聲地說：『想都別想。』

接著他們又會再說一遍：

「依賴我吧，可以不用對我假裝堅強。」

某天帕塔反問：「如果不是假裝堅強，而是真的堅強呢？」

「沒有這種人。」對方回道。

「我就是這種人。」帕塔提出警告。

毫無讓步的瞬間。

看著目光相對的那雙眼睛，帕塔心想：『越過這條線的話，我會咬上去。』

雨滂沱地下。

帕塔將手伸向空中並揮了揮手指。看似在觸摸雨水，卻又像在比手勢。一輛橘色計程車在她面前停了下來。

「你好。」帕塔打了招呼，但計程車司機沒有回應，只是默默地將暖氣的溫度調高。潮濕的車內讓帕塔一動也不敢動，她擔心會沾到雨傘的水，於是屁股緊貼著座椅、雙手整齊地放在膝蓋上。不知為何，這一天帕塔難得沒有翻找包包裡的耳機，就只是看著窗外。

大概經過了五分鐘有嗎？帕塔瞪大雙眼，目不轉睛地盯著某個地方。先前有人在車窗上用食指留下了愛心，因為結霜又漸漸變得明顯。

『是之前搭車的客人留下來的嗎？』帕塔偷偷分析了起來，一瞬間在腦海中想出數萬種故事。她將左眼閉上，湊近車窗。

『從愛心看出去的世界會比較可愛嗎？』

帕塔希望，讓自己不得不愛上這個世界的證據肯定藏在某個地方，只是自己還沒找到罷了。帕塔一直在尋找那份證據。她買了放大鏡，仔細觀察花朵；也不惜花三千元韓幣，付費下載可以即時顯示天空中星座的應用程式；其他人嘴裡讚嘆著「好漂亮」時，帕塔也會自然地拿起手機拍照記錄（當然，回家後她會馬上刪除這些照片）。

不知不覺雨完全停了，帕塔也到達目的地。下車前，她迅速用食指再畫了另一個愛心，車窗上的愛心轉眼間就變成了兩個。準備下車時，司機叫住了帕塔。

「那個，稍等一下。」

「怎麼了？」司機把一包裝好的小袋遞給回過身的帕塔。

「這是我老婆做的，給你用用看。祝你有美好的一天。」語畢，司機害羞地馬上把頭撇了回去。在他的副駕駛座上，堆滿了包裝精美的鉤織菜瓜布。帕塔握著淡紫色花朵形狀的菜瓜布回到家後，把它珍惜地放在沒有水漬的流理台某處。就這樣帕塔的家中又多了一塊證據碎片，但她沒有意識到這個事實，只是將筆記本打開，記錄了今日依舊一無所穫的自己有關愛心的故事。

從愛心看出去的世界別說可愛了，

只是看起來往右偏……

16

音樂播放著，整個房間充滿藍色的光。

「哇，是星星。」

帕塔指著天花板，指尖上有許多灰塵漂浮在投射出的光束中，閃閃發亮。帕塔的眼裡滿是星星。一旁看著帕塔的他，用力拍了一下枕頭——灰塵隨即飛起到空中。碰到光線。變成了星星。

兩人沉浸在各自的世界好一段時間後，帕塔首先打破了沉默。

「你依然認為我看起來像一座湖嗎？」

「當然。」

「你以為是湖，結果是池塘，以為風平浪靜，卻發現捲著漩渦。不會覺得驚訝嗎？」

「就是慢慢把腳浸入水中，找出哪裡有讓人疼痛的石子，哪裡又有青苔跟花朵。」

好像不是她想要的答案，帕塔再次問道。

「不是清澈的湖水，後來才發現是非常混濁的那種也……」

「噓，我現在在湖裡，必須安靜。」

他輕輕說著，閉上雙眼，把帕塔的肚子當作枕頭躺著。

帕塔的肚子不停蠕動且發出聲響。看著自己發出悶濁水聲的肚子，帕塔感受到了活著的奇妙證明，感受到愛。

17

三個女人聚在一塊。

儘管帕塔試圖閱讀手上的書，耳朵卻不自覺被她們吸引。三張嘴在講話，變得有八隻耳朵在聽。她們的共同點是都有正在備考的孩子，且從她們都認識某位特定人物可以知道，她們的小孩上同一所補習班。

大部分在主導對話的是戴眼鏡的棕髮女人，她經常講話講到一半停下來，等待另外兩位的附和。她們和諧的聲音低沉又快速。分享完夠多的情報，這才改變講八卦的姿勢，從原本的頭靠頭變成並肩站立。眼前「世界文學全集」的牌子像在出考題似地低頭看著她們。

「那個……叫什麼王子來著……」

「小王子？」個子矮小的女人笑著反問。

「不是有一個鳥跟王子的故事嗎，孩子說這次考試會考所以需要。」

為了找到隱藏在滿牆書堆中的鳥跟王子，六隻眼睛四處搜尋著。帕塔的耳朵似乎沒有要回來的意思，何況她們談到了帕塔喜歡的作品，現在連她的嘴也快按耐不住想跟著湊上去。被眼睛使勁壓住的嘴，在女人們快要放棄尋找王子的那一刻跳了出來。

「是叫做〈快樂王子〉的故事，因為是短篇小說，所以收錄在這本書的第一章。」

帕塔抽出在第四層的《王爾德短篇小說集》遞給她們。對方因突如其來的多嘴露出驚訝的表情，很快就轉為感激的謝意。帕塔成功地幫她們找到王子而深深感到放心，輕輕露出微笑，想到了第一次閱讀這本短篇小說集的時候。當時她失算了，將這本書一起帶去了泰國旅行，以至於自己整整兩天足不出戶，就躺在旅館的陽台讀完了這本書。

學到了旅行時不能攜帶「太有趣」的書，現在會更精心挑選「適當的」書（如此一來既能享受旅行，也能享受閱讀），果然不經一事不長一智。

帕塔在書店張望，看看還有沒有需要她多嘴的人們。這個空間是唯一允許她多管閒事的地方，因此帕塔毫不拘束。當然，「允許」也是她自己決定的。

此時，自豪的她對於自己只靠少量的情報就能聯想到作品感到欣喜。帕塔沉浸在似乎懂些皮毛的驕傲中。抬起頭時，「世界文學全集」牌子依然在那個位子俯視著她，感覺像是被數百個人審判一樣。帕塔低下頭，手上的書第一頁寫著：

剃刀邊緣無比鋒利，欲通過者無不艱辛；

是故智者常言，救贖之道難行。

——《迦塔奧義書》*

* 出自威廉．薩默塞特．毛姆《剃刀邊緣》

18

帕塔看上去滿臉笑容。

「喂，帕塔，你忘記他是怎麼對你的嗎？」

朋友走過來用下巴指了指前腳剛踏出門的某人，低聲說道：「你又要幫他？拜託清醒一點，會被別人當成傻子。」
帕塔依然帶著笑意，朋友又補上一句：「你為什麼要這麼做，帕塔？」
看著朋友充滿擔心的眼神，帕塔開口了。

「對別人好——」

·

·

·

「實際上是讓別人嚐到苦頭。他到死前都不會再遇到跟我一樣對他那麼好的人了。沒有我的世界他會有多不習慣。」朋友依然盯著她，帕塔接著說下去。

「對別人好是一種善意的表現，但背後還有一個不為人知的隱藏涵義——即使親切地對待所有人，也不會有任何損失。不要懷疑我的真心，只是會有苦頭隨之而來罷了。」

帕塔很輕鬆愉快。

19

「我沒有下定決心過。」

『又是該死的決心，煩不煩』帕塔回答時心想。

當時對方在詢問帕塔的新年決心是什麼，就算只得到簡短的回應，對方依舊抱著希望繼續等待，期待能聽到她的答案。最終她填滿了那段空白。

「對我來說不需要任何決心。」

從這段對話可以知道，帕塔不喜歡的時期即將到來。接近十二月時，那些最看不慣的字詞會開始紛紛出現。

年末約定

年末計畫

新的一年

明年

決心

帕塔說了兩個她不需要決心的理由。

第一，她不理解可以直接做的事情為何非得多此一舉。

第二，帕塔的時間並非順時鐘轉動的圓，而是直線。在筆直的一條線上沒有任何值得成為基準點的刻度。

『直接做就行了啊，就直接做。十二點、明天、下禮拜一、一月一號，這些算哪門子基準，有什麼用？下定決心的時間已經可以完成一件事情了。』

這些話帕塔沒有說出口。她依然常常被問起動機、決心或契機，而帕塔會捏造一個很好的虛假決心，來搭配這些問題。現在對話終於流暢一點了。

「帕塔，你在新的一年打算做什麼？有沒有人生願望清單？」

「喔，我一定會試試寫文章！」

「哦，這是一個很棒的想法，我呢……」

虛假的決心。

兩個人面對面坐著，中間放著一個蛋糕，蠟燭已經熄滅了。纏繞在聖誕樹上的燈泡讓他們同時看見彼此的半臉和陰影。對方愣住，看起來很生氣，而帕塔看著他，眼底盡是盈滿的愛意。令人訝異的是這兩人的眼睛看起來好像。

K開口了。

「你剛剛說什麼？」

帕塔沒有回應。他起身開始在客廳裡來回踱步，現在的他看起來很悲傷。她依然用充滿愛意的眼神追著他的身影。對方又接連問了幾個無法回答的問題，但帕塔始終保持沉默。就這樣，他們只確認了彼此相像的半臉就分開了。

而這個記憶

隨著帕塔打破了他送的香水這瞬間

與吞噬房子的香氣一同湧現。

21

這是某年十二月三十一日發生的事。

這個日期是你無論過得多普通，也能以有意義的方式結束的一天。也是在說明某人身上發生魔法般的事情時，顯得格外可信的一天。時間是過了傍晚六點四十八分的時候，昏暗的天空證明了當時是日照時間較短的冬天。

帕塔相信所有事情都是時間的衍伸物，因此對她而言一年的最後一天並沒有任何特別意義。是一如往常的一天。明天也不是新的開始，就只是明天。帕塔漫無目的地出了家門。在大部分都沒有營業的店家中，可以看見許多尚未拆下的聖誕裝飾。閃爍的燈光總是會吸引帕塔的目光，而此刻擁有閒情逸致的她也欣然往這些燈光一一看去。

帕塔在一間咖啡廳前停了下來，厚重的黑色門上點著一盞小燈。她想到工作到這麼晚的人很可憐，一邊使力推開門進去。咖啡廳裡面很安靜。有一名光頭男子正在用筆電，帕塔跟他對上了眼。

「不好意思，我看到燈亮著以為還有營業。」帕塔轉過身的同時，男子站起來走向收銀台，「請進，只是做一杯的話不難。」男子揚起微笑。已經整理好的廚房裡沒有一滴水印。確認過帕塔的眼神，男子補了一句：「是送你的禮物喔，想喝什麼呢？」

「啊……那就麻煩給我一杯冰美式，謝謝。」
帕塔收回放在門上的手，往店裡面走去。

「這是一份禮物耶，選一個貴一點的，快點。」男子有著親切到讓人感到負擔的本領。帕塔迅速掃過立在一旁的菜單，最後選了一杯比冰美式貴兩千韓元的香草奶昔。老闆向她介紹了自己使用的香草粉種類，而坐在吧檯的帕塔看著拿出攪拌機的老闆，開始端詳他的側臉。他穿著一件與咖啡廳的黑色壁紙完全不搭的華麗短袖襯衫，襯衫下還有一條金項鍊隱隱發亮。『今天到處都有閃閃發亮的東西。』帕塔腦中閃過這樣的想法。

「今天是三十一號，跟別人沒有約嗎？」老闆的食指推了推他戴的無鏡片黑框眼鏡，向帕塔問道。

「對，沒有。」

「是學生嗎？」

「對。」

「唸什麼科系？」

「舞蹈系。」回答的同時帕塔稍微挺直了腰身。她接過奶昔，對於剩下的問題也都認真回答了。

帕塔告訴老闆她二十三歲，住在咖啡廳對角的白色住宅，因為畢業公演即將到來，今天一整天都待在練習室。拖著疲憊的步伐回家的路上，看到還有咖啡廳的燈是亮著的很開心，於是走了進來。帕塔實在是很會說謊。在沒有一絲猶豫的話語之間保持一定程度的戒備，謊言就會顯得真實。即興角色創作是帕塔經常玩的遊戲，這個遊戲有三個規則：

第一，只針對陌生人問的問題作回答。
第二，需確保與陌生人的見面是第一次也是最後一次。
第三，必須是一吐即逝、無傷大雅的謊言。也就是說不能影響任何人。（不能是父母不在世或罹患疾病等相關的設定，因為可能會造成對方情感上的波動。）

帕塔只是針對老闆接二連三的問題進行回答（第一個條件）。好奇心過盛的老闆讓她感覺不自在，所以不會再來第二次（第二個條件）。回答的內容僅有介紹自己的簡單情報（第三個條件）——所有條件都成立了。帕塔對於剛剛創造的人物設定很滿意，決定今天一天都以這個角色度過。

在她下定決心的時候，老闆看著眼前用吸管攪拌著飲料的舞蹈生，開口說道。

「你喜歡秘密嗎？」

「太無聊的不喜歡。」

兩人視線對上，不知道是不是暗號對了，老闆笑了出來。

「跟我來。」帕塔跟了上去。她的背靠上入口的那扇黑色店門時，看到了一個小小的畫框。畫框裡是星光熠熠，梵谷那幅著名的星夜。

「按下去。」

舞蹈系學生很猶豫，但帕塔很果斷。她的雙手將小畫框用力一壓，旁邊的黑色牆壁發出「咚」一聲後，往內陷了進去。牆壁瞬間就變成一道門，老闆帶頭走在前面，帕塔想到了《糖果屋》裡的漢賽爾與葛麗特，決定開始數腳步。下到第七階樓梯時，兩邊都出現了一扇門。

「這裡是我的辦公室。」老闆往左邊走兩步，打開了左邊那扇門。門裡面是一塵不染的白色房間，有八台電腦上下填滿了整面牆，還看見一台小型空氣清淨機，而且這裡沒有窗戶。老闆再次往右邊走了五步並打開右邊那扇門，這次，看到門後的房間大概是白色房間的三倍大。天花板中央有一顆鏡球在旋轉，反射到四周玻璃的光線恣意閃爍，非常耀眼。

帕塔短短地感嘆了一聲，老闆問她：

「你覺得我看起來像做什麼的？」

「我只知道不是咖啡廳老闆。」

「不好奇嗎？」

「對，不好奇，因為也不重要。」旋轉的鏡球不斷照亮帕塔。

「不過為什麼要給我看這些東西？」帕塔問出了第一個問題。

「這個嘛……就只是……因為也不是什麼重要的東西。」

「……」

再次往左邊移動三步，上了七個台階，帕塔不忘帶走剩下半杯的香草奶昔。咖啡廳老闆與舞蹈系學生互道新年祝賀，一直到最後一刻都忠於自己的角色。

如果要說明前面提到的角色創造遊戲，是因為卡莉而開始的。

小時候為了跟卡莉一起玩耍，帕塔做好了奉獻靈魂的心理準備，當時的她才剛滿四歲。某天，卡莉偷偷拿走媽媽的口紅，她讓帕塔坐下來後開始忙東忙西。準備完畢，小導演小聲地說：

「來，你是公主，迷路的公主，到客廳去跟爸爸媽媽說：『你們好，我是公主。我迷路了，請告訴我回家的路！』然後在最後要說：『我很美麗吧？』知道了嗎？」

比她更年幼的小小演員點點頭。

小導演千交代萬交代：「『我很美麗吧？』這句話一定要說！」
小小演員穿過走廊往客廳前進，兩位觀眾的視線集中在突然登場的演員身上。

「你們好，我是公主，我迷路了，請告訴我回家的路。」小導演偷偷跟了過來，從背後傳來了她的聲音：「快點！要說最後一句台詞！」

緊張到忘詞的演員聽到指示後，馬上說出最後一句台詞。聽到無厘頭的台詞，觀眾一陣爆笑。小小演員回頭確認小導演的表情，她看起來很滿意。

就這樣過了三年，小導演與小小演員已經轉型成雙人演唱組合。事先安排好的沙發變成了舞台，假想的觀眾多到看不見。前奏與饒舌的部分是由個子矮小的饒舌歌手負責，而歌聲清亮的歌手總是在副歌時登場。巡演的某一天，個子矮小的饒舌歌手也透露了自己對副歌的野心，歌聲清亮的歌手無法接受這一點，於是宣布雙人團體解散，原因是彼此意見不合。就這樣又過了四年，姐妹兩人並肩坐在書桌前，桌上立著看起來像寶特瓶的麥克風，卡莉拿著手寫得密密麻麻的腳本，嘴巴靠近那個寶特瓶。

「好的，今天有一位特別來賓將與我們一起進行今天的節目，這位來賓就是即將有作品上映的演員帕塔。我們先聽一下由她親自挑選的歌曲再回到現場。」隨著節目流暢地進行，共用一副耳機的姊妹兩人同時聽到音樂在耳邊響起。

分別作為廣播電台主持人與演員相遇的這兩個人，在這之後也擔任過各式各樣的職業與角色。不知不覺中，就算沒有旁人的指示帕塔也可以自己創造出一個角色。
這是為什麼，帕塔覺得創造角色形同呼吸一樣自然。

23

「想念的人」的位子空了出來。帕塔的左手自然地摸起耳垂，右手則緊握方向盤。距離到家還有四十分鐘的路程。手機的連接線似乎出了問題，音樂沒能播放出來，要在空白中撐過這段時間感覺很糟。帕塔不得不再次將注意力集中在那個「位子」上。她撥開記憶，強行拉出某個人到那個位子坐下來；但對方隨即消失，座位又空了。她意識到這裡不是可以乘載想念的座位。

『如果不是回憶的位子……』

一想到家人，座椅突然沉重到要被壓垮——也不是屬於他們的位子。想不到任何想念的人，這個事實讓帕塔更沮喪了。比壞掉的連接線還要令人沮喪。

這時，帕塔嘴角突然揚起一抹微笑。這裡有一件所有人都應該知道的事實；即使看起來「突然」，即使寫的是

「突然」，一切早已在內心解決，而出現這個表情僅僅是「結果」。也就是說雖然很突然但一點都不意外。帕塔急急忙忙撥了電話，看起來像可以再開一小時的車那樣興奮。電話一接通，帕塔等不及對方應答，直接說出——不，是大聲喊出她找到的答案：

「我想要暗戀別人！！！！！！」

友人的笑聲迴盪在車內。四十分鐘的路程感覺像四分鐘一樣。

24

某天帕塔陷入了深深的疑問，並且花了許多時間在尋找解答。這個疑問不是憑空出現的，也不是一個罕見的想法。無論是誰總有一天一定會有的疑問，只是那時恰巧發生在帕塔身上罷了。她打定主意，到咖啡廳坐了下來，這是她喜歡的時間，打定主意的時間。在定好的時間內，決心去面對一件事的拷問時間。滑過喉嚨的香甜奶茶使她原本緊繃的神經變得放鬆。這能降低帕塔陷入自憐的機率，並且起到足夠的防護作用避免她讓自己受傷。

她拿出一張紙開始將記得的碎片一一寫下。倒敘那些回憶片段並不難，但她又來到了總是讓她停頓的地方。

『所以是為什麼呢？』

帕塔很喜歡問號，喜歡它的柔和曲線，以及在底部支撐曲線的堅定句號。也許是因為她把所有的問號都攬在自己身上，所以沒有多的問題可以分給別人。但，說沒有多是騙人的，她是無意讓給別人。

再次回到她的問號上，無論怎麼認真解讀、變換視角，想了又想，都找不到答案。在嘴裡翻滾的疑問，最終和最後一口奶茶一同被吞下。

咕

『為什麼我喜歡的東西

都會消失呢？』

嚕

25

有多少人能做到不用手就能將耳朵蓋起來？

姊妹兩人面對面坐在鋼琴下方，姊姊開口說道：

「來，試著蓋蓋看。」

帕塔看著姊姊並跟著她做。

「有做了嗎？」

帕塔看到姊姊的嘴型，大力點點頭。

長久以來磨練這項技能，對兩人的生活帶來很大的幫助，使她們無論在什麼喧鬧的地方都可以感到平靜，也讓她們有了忍受不同意見的從容。

方法很簡單。

集中精神

蓋上

26

帕塔的家門前有一座小型遊樂場。因為離地鐵站很近，要等到下班時間過了以後，遊樂場周圍才會清靜下來。卡莉與帕塔先坐上了最喜歡的鞦韆，用力蹬出雙腳讓自己離地面更遠。當時是清澈香氣四溢的夏日，那一天是帕塔的生日。她們雙手用力，頭向後仰，世界倒了過來。在上下顛倒、前後搖曳的世界，因為有兩個熟悉的身影坐在長椅上看著自己而顯得安定。

現在帕塔坐在盪鞦韆上，卡莉在旁邊轉動她的鞦韆，一圈又一圈的繞圈。

「不准放手！」卡莉的手一拿開，帕塔開始滑溜地打轉。似乎因為頭暈而閉上眼睛的帕塔，正努力打起精神時又聽見了卡莉的聲音。

「那是什麼？」

卡莉跟帕塔將目光轉向放在長椅上好一段時間的袋子。好奇心爆發的兩個人把袋子打開，看到兩隻倉鼠和一包寫著〈請不要餵太多．倉鼠飼料〉的信封在裡面。經過姊妹兩人再三說服，最終她們把袋子帶了回家。當天晚上兩個人說好，棕色那隻代表姊姊，而黑色斑點那隻代表帕塔。

在睡前回顧自己生日的帕塔，期待著明天快點到來，想趕快去看看她的倉鼠過的怎麼樣。

帕塔不敵內心鬱悶，走了出門。

她看著水流任其自然的流動時，獲得了力量，而溫柔推著背後的微風讓她的心情得以平復。這是一個更悲慘的片刻。不是從希望的對象，而是從意料之外的地方獲得安慰。比起喜悅，更多的是丟臉。

帕塔心想。

『漢江河水都能做到的事情，為什麼他就做不到呢？』

同時她也在擔心，自己是否成為對某人而言連微風都不如的存在。

回到家後，帕塔收拾了空酒瓶，然後找到了躺在床上的背影。棉被隨著平穩的呼吸聲微微上下起伏。

「我回來了。」

帕塔輕聲地說。像一直以來那樣，對沒有醒來的他感到失望。她巴不得對方今天也不要醒來。

為了得到更多的失望，帕塔用幾乎聽不見的聲音說道。

「我走囉。」

帕塔想確認沒有回答的他。

她害怕好不容易下定決心的自己會被挽留。為了擺脫覺得自己很卑鄙的想法，收拾行李時刻意放大了一點聲音。

從玄關門望去，那個背影依然維持同樣的姿勢躺在那裡。

這是帕塔十九歲時發生的事。

當時她在搭公車，公車正往終點站的方向駛去。

那天有個入學面試。帕塔坐在公車上，也打算一直坐在公車上。

並非從一開始就決定不去面試。在離開家門以及坐上公車的瞬間，目的地都非常明確，面試準備也是非常完美。沒有任何契機，她就只是坐著。如果硬要怪誰的話，就怪天氣太好了。就算過了原本該下車的那一站帕塔也沒有任何罪惡感，反而覺得很輕鬆。帕塔祈求著，希望太陽不要下山、希望公車不要停下來。到了終點站的帕塔，買了糖餅來吃，就又立刻搭公車回去了。看起來沒什麼特別之處的任意旅程，對帕塔來說是第一次的叛逆，也是最後一次。毫不猶豫違背自己的這條路上居然是如此的自由……

令人訝異的是，過幾年後帕塔才知道那樣的叛逆竟然是遺傳。在某個悠閒的禮拜天，大約是快吃晚餐的時間，爸爸聊到他十九歲時必須去考試的某天，卻搭著公車不下車，在市中心繞了好幾圈。

帕塔感覺自己的秘密被發現似地，驚訝的問：「為什麼？爸爸為什麼不下車？」

「因為那不是我想去的學校。那間學校可以獲得全額獎學金，那天是那所大學的面試。家人都希望我去念那所學校，可是我不想。結果我想起已經去世的哥哥在生前對我的叮囑，他說，『你不用聽從別人說的話，照著你自己的想法去做就好。』所以我就這樣選了自己想去的學校。」

爸爸笑起來的時候，會擠出三條深深的魚尾紋。她突然好奇，爸爸哭的時候眼淚會沿著哪條魚尾紋流下。

這時爸爸說了：

「帕塔，你按照你的想法去做吧，你想的是對的。」

爸爸就像知道自己的秘密一樣。

帕塔笑了出來，並嘗試學爸爸擠出三條魚尾紋，

但還是有些不自然。

姊姊對帕塔說。

在帕塔六歲上幼稚園的第一天，媽媽曾告訴姊姊：「爸爸媽媽不在的時候，你就是帕塔的監護人，要好好照顧她。」帕塔上小學時，姊姊又聽了一遍同樣的內容。後來帕塔回韓國唸高中，姊姊又不斷聽到爸媽對她說：「爸爸媽媽不在時，你有保護帕塔的義務。」姊姊接著說，雖然現在各自長大成人沒能陪在帕塔身邊，但對她的義務沒有消失，且直到他們兩人其中一個人死去之前都不會消失。姊姊還仔細說明了自己的保護方式——如果有一灘爛泥，姊姊不會教帕塔如何繞過它，而是會陪她一起跳進去。姊姊認為，這一切都是比帕塔早出生幾年的她的宿命。

帕塔對姊姊說。

雖然不曾有人告訴自己要保護誰，但她一直以來都跟著姊姊。年幼時還太小，但現在確信這世界上沒有人比她更瞭解姊姊。她說，雖然姊姊總是走在前頭，但後方是由她守護著，並且糾正回到韓國後兩人一起念中學的時期，是她保護了姊姊更多次。帕塔接著說，雖然現在各自長大成人沒能陪在姊姊身邊，但她的職責還沒結束，且發誓直到他們兩人其中一個人死去之前都不會結束。帕塔還說了讓姊姊放心的話——如果走在前面的姊姊往岔路走，她也會跟上去和姊姊一起逃出迷宮，不用擔心。帕塔認為，這一切都是比姊姊晚出生幾年的她的宿命。

帕塔腦海中依序想起了三個單字。

酒 菸 男人

再一次、慢慢地，

酒……菸……男人……

剛升上國中三年級的某天，帕塔跟著媽媽去了聚會。帕塔很喜歡偷聽大人聊天。他們像大人、卻又不像大人的對話有時很好笑，有時卻又出人意表地很像大人，讓人覺得有很大的反差。這天也是她纏著媽媽哀求後才得以參加聚會。

一位原本坐在圓桌的阿姨坐到了帕塔旁邊。儘管那位阿姨面相柔和，眼中散發的活力卻足以穿透鼻梁上的眼鏡。在其他人熱烈討論共同話題時，阿姨趁機向帕塔搭話。

「帕塔！你將來一定會很有成就，我知道你一定會。」

帕塔點頭表示謝意。

「但你一定要記得一件事，當你長大後想做的事沒能成功，一定是因為酒、菸、男人，這三個原因其中一個，」停頓了一下，阿姨又接著說

「也可能三個都是。」

盯著滿是淘氣的眼睛，帕塔完全無法理解這一番話，但基於禮貌還是回應阿姨：「好的。」並附上一抹微笑。

「我剛剛說要小心哪些東西？」

「酒、菸、男人！」

「沒錯。這三樣東西會妨礙你往後的目標。當事情無法再有所進展，或當你開始猶豫不決時，要首先確認這三樣東西，知道了嗎？」

在聚會結束即將解散之際，阿姨又在帕塔耳邊悄悄地說：「酒、菸、男人。」滑稽的語氣讓帕塔忍不住笑了出來。

儘管強調了三次之多，帕塔還是遺忘這些話。直到拆開他遞過來的禮物後才終於想到。

撕開的包裝紙下，是一件圍裙。裙面上有一個大口袋，並且畫有櫻桃的圖案。縫在肩帶上的白色荷葉邊非常硬挺。帕塔笑了。不是因為開心露出的笑容，但也絕非嘲笑。只是想像自己下廚的背影本身就很不可思議。有時阿姨是對的——或可能常常是對的。

她珍惜的人越來越多，她的弱點也變得越來越多，每當這種時刻，她就會把一切都捨棄。

一無所有的自己，沒有繫上圍裙的她是很大膽的，而且
那樣很適合帕塔。

隱藏的小惡魔與帕塔甚是親密。

所謂的親密指的是帕塔經常與它溝通。大多時候帕塔都會聽從自己的話，但也經常採納小惡魔的建議。比如想將眼前的蛋糕弄倒再吃掉的念頭。沾得到處都是的鮮奶油以及髒掉的叉子，對於帕塔來說簡直無法想像，她連叉子都沒放在盤子上。

看著充滿愛意的對方時，小惡魔會說：「就是現在，現在就是離開對方的最佳時機。」接著帕塔會想像——

『那麼你應該會崩潰吧。』

這樣說起來，那一天也是你做的好事嗎。當我認真看著那雙眼睛，看著許久，忽然就想毀掉、想破壞我們的關係。我無法抑制想在頂端將一切推倒的衝動。就像想用湯匙把一個焦糖烤布蕾搗碎。

「我有在認識新的對象。」

一切都在一瞬間發生。這時，

K開口了。

「你剛剛說什麼？」

帕塔沒有回應。K站起身，開始在客廳裡走來走去。現在的他看起來很悲傷。帕塔依舊以愛意的眼神追著他的身影。他又問了幾個她沒辦法回答的問題，帕塔持續保持沉默。

當時的聖誕節就這樣結束了。

全部是我的選擇，我的結果，我的責任。

帕塔說，那天她產生了想要逃跑的衝動。她說，希望不會有人抓著她不放。她知道，現在出去的話，這輩子都不會停下來。

33

「當你回頭看，是錯過的東西多呢？還是放棄的東西多呢？」

「我還往旁邊，甚至前面也看了，並沒有錯過任何東西。」

「一個都沒有？」

「一個都沒有。」

「為什麼這麼有自信？」

「因為這是真的。如果你把所有機會都翻過來，上面都寫了各自所屬的名字。如果是你的東西，從遠處就會叫你過去抓它。」

「如果是在不知道的情況下錯過了呢？」

「這個世界上並不存在『錯過了什麼』。你所做的選擇都是為了自己，要相信自己的直覺並抓住它。如果還是不清楚，試著抓住所有機會翻過來看。」

「不管怎麼翻，都沒有看到我的名字。」

「那就更好了，你獲得了一個機會可以得知別人的機會，你就觀察那個人會怎麼使用他的機會。」

「我沒辦法像爺爺你一樣那麼悠哉。」

「帕塔，熱身的時候不要跑得漫不經心。該跑的時候跑，該停的時候停，在犯規的警告響起之前，進行調整。在熱身的時候把所有機會都翻面看看。然後答應我，結束時不會感到遺憾，並且會將一切回歸原位。」

正要與素未謀面的老爺爺許下承諾的剎那，帕塔從午睡中醒來了。她只有身體不舒服的時候才會去小睡一覺。

奮力踮起腳尖、將臉緊緊貼在窗戶上的帕塔，正在觀察窗戶另一邊的姊姊。頭髮圓圓紮起的姊姊與學生們排成一列，跟著音樂變換腳步。套在粉色緊身衣上的白色舞裙隨著動作擺動。他們穿著魔法般的舞鞋，無論怎麼跑跳都不會發出聲音。帕塔癱坐在地上，用小小的手使勁揉著自己的腿，似乎是小腿抽筋了。媽媽開口叫她。

「離姊姊結束還很久，快過來。」

帕塔沒有看媽媽一眼，再次高高踮起腳尖朝裡面看去。老師總是穿著紫色天鵝絨的芭蕾舞衣，脊椎上的一根一根骨頭清晰可見。她微微揚起的頭和低頭看著孩子們的雙眼非常美麗。

窗戶上這一座黑色小山丘不斷上升，突然間，帕塔的視線與老師對到了眼。帕塔「嘿」地笑了一聲。鼻子吐出的氣息瞬間模糊了窗戶，所以老師沒能看見帕塔瞇成半月形的眼睛。她就這樣連續兩個月跟著姊姊去上芭蕾舞課。

如果想參加舞蹈教室開的課，小小年紀的帕塔還需要再等一年。上個禮拜也聽了一模一樣的話。在姊姊打耳洞時，媽媽對著在一旁緊握住姊姊的帕塔說，要整整一年後才會讓她打耳洞。儘管帕塔說自己不會哭，可以忍住，媽媽依舊說絕對不可能。帕塔無法理解，六歲究竟是怎麼樣的年紀，讓一切都變得可能。

看完《胡桃鉗》芭蕾舞劇後，帕塔感覺冷便將圍巾又纏了一圈，並說每年冬天一定要看一次芭蕾舞表演。她猜想，如果當初沒有回來韓國，應該會持續學芭蕾。雖然不知道跳得好不好，但她只有快樂的記憶，也許那些一再湧現的記憶是她的幸運。它們像歌曲段落被反覆播放出來。帕塔說，她的所有故事就這樣以上飛機前後作為分水嶺。

35

帶領帕塔的說書人曾經有三位。

第一位說書人是卡式錄音帶。卡莉跟帕塔總是會放著錄音帶入睡。媽媽經常買附有錄音帶的故事書給她們；姊姊喜歡的故事，帕塔也喜歡。四歲的帕塔總在聽小王子不停請求畫綿羊的時候睡著，七歲的卡莉則會堅持要聽到故事的結局而戰勝睡意。卡莉從那時就展現了過人的毅力，也因此，將錄音帶翻面的工作就落在卡莉身上。

某天，在帕塔還不識字的年紀，她大聲地朗讀一本書。媽媽感到驚訝而拿起攝影機記錄下這個景象，才發現帕塔把書本拿顛倒了。

帕塔把錄音帶放出的聲音記住了，她自然地翻頁，接著說：「這時，聖誕老人高喊：『哎唷喂呀～我的包袱。』」

在錄音帶快放完的時候，第二個說書人一起躺上了床。爸爸是天生的說書人，他有各式各樣的童話故事題材。即使她們的要求不斷，爸爸的靈感也從未枯竭，也讓帕塔經常在那些故事裡登場。帕塔最喜歡外星人的故事，在聽到外星人學游泳的故事那天，爸爸生動地表演下水讓她笑到睡不著覺。

進入小學一年級a班後，又遇到了新的說書人。班導師出了一個作業給他們，請學生在第一天上學日帶蠟燭來學校。在第一節課開始三十分鐘前的朝會時間，班導師會唸故事給學生聽。那時窗簾會拉上，並且各自的座位上都會放著點燃的蠟燭。教室內瞬間充滿溫暖又神秘的氣氛。班導師總是在緊張的時刻將書本闔上，想聽到後續故事必須等到隔天早上。

不管是擺在桌上的燭火、放在燭火旁邊，上面有玫瑰藤蔓的鉛筆盒、又或者是隨著故事在腦中浮現的畫面，帕塔都太喜歡了。

36

有在寫東西的人，臉是長什麼樣子呢？

是有許多故事的臉嗎？那麼有很多故事的臉又是哪種臉呢？就是有皺紋的臉嗎？但皺紋應該不代表故事或文章吧？如果是因為心腸不好而增長皺紋呢？

帕塔坐在有落地窗的咖啡廳，一個人很嚴肅。為了打發時間，正在享受最棒的幻想，像是審查一般，帕塔用銳利的眼神打量窗外經過的人們，想找到寫作者的臉孔而胡亂臆測著。

一對情侶騎著機車經過，『不是他們，他們看起來很幸福。幸福的時候會忘記寫作的方法。』另一位老男人經過，『走路的步態很奇怪，他一定會把手中握著的鉛筆芯折斷。』一位年輕男人經過，他戴著耳機，像要進入手機世界裡似低著頭，『頭腦糊成一團了。』另一位小朋友牽著媽媽的手，『往後折磨過你的幾次病痛，應該會改變你的面容吧。』

不知不覺，消失的太陽讓帕塔的身影映在玻璃窗上。

『我呢……』帕塔沒能完成句子，看著玻璃上的自己像個陌生人一樣。

仔細凝視，自己的臉看上去很悲傷，但她並不討厭自己悲傷的表情。

37

手心開始冒汗。約定的時間逐漸逼近。帕塔一味盯著無辜的秒針，但無濟於事。時間已經不能再比這更準確了。當秒針經過6，帕塔幼稚地希望有人能替她代打；當秒針經過9，帕塔決定想成一種安慰，因為過去兩週的輾轉難眠從今天開始得以解決。整點一到，訊息來了。對方告知已經抵達，帕塔匆忙穿上鞋子衝了出去。急促的呼吸聲掩蓋了心臟的跳動，著急讓原本就快速的心跳有了藉口，她就這樣巧妙地騙過了自己。

毫不猶豫打開車門並坐上副駕駛座的帕塔先開口了。

「沒有塞車嗎？」甚是溫柔。

「嗯，要往哪裡兜風？」

他一隻手自然地牽起帕塔，帕塔所有的注意力隨即轉移到了手上。苦惱著該握緊還是該放鬆，結果還是忘了握住手的方法。往下瞥了一眼，彼此的手彷彿陌生人的手。感覺像是血液循環跳過了手的部分，帕塔陷入了想將左手砍掉的思緒中。

他說了些什麼。

「嗯？」

「問你有沒有想去的地方。」

「就在這附近晃一晃？」

「好啊，就這樣。」

朋友的話題、更換洗衣精的話題、樓板噪音的話題、找到好吃餐廳的話題、天氣的話題。大約繞了三圈半後，他開口問了。

「你不是說你有話要跟我講？」

目光交匯時，帕塔笑了出來。接著張開了嘴，但話語總是卡在下排牙齒的邊緣。好不容易擠出來的只有一句：
「再繞最後一圈吧。」

那一圈過得很安靜。當他的拇指磨蹭了三次帕塔的手背，帕塔鼓起了勇氣。這時她才明白，說實話比說謊更需要勇氣。

「我不再喜歡你了。」
沒有任何欺騙，這就是全部了。
他沒有做錯任何事，這真的就是全部了。
帕塔雖然想再補充幾句話，但她決定不這麼做。

「這樣啊。」

他依舊用拇指搓揉著帕塔的手背。與帕塔的預期不同，她以為會感到輕鬆，但說出口的話卻沒有一丁點重量。一抵達家門，他只說了一句「我知道了」並看著帕塔。兩人又交談了幾句後，鬆開了手。看到他示意自己趕緊進去的眼神，帕塔不得不下車，接著跟剛才出門時一樣奔跑回家。

那天晚上，帕塔無法入眠。

太可怕了。

帕塔躺著，緊緊閉上雙眼。

惡人也是很辛苦的。也許那些每天晚上失眠的人就是惡人也說不定。

38

蠟燭的頂部開始燒，隨著時間過去，蠟燭燒得越來越短。輕輕扶著柱子將它傾斜，蠟珠啪嗒啪嗒的滴下來，帕塔將食指輕輕放了上去，

原本透明的融蠟一下子變成了白色。她小心翼翼地撕下白蠟，上面印有自己的指紋。

當十根手指全部壓完，指紋的皮屑積聚成堆。而高塔持續縮短。帕塔就這樣製造了許多自己無意義的痕跡。

曾在某一天，她把手掌按上黏土壓印，把黏土掛在房門前。有另一天，她小心翼翼地捧著雙手，手裡裝著四片櫻花花瓣。她說是在遊樂場看書時，一陣風吹來把櫻花的花瓣吹到書上。還特別強調絕對不是她撿來的，而是一種浪漫的痕跡，她將櫻花花瓣黏在偶然飄落的那一頁上。

她常常提起「痕跡」。當我問她是不是因為害怕死亡才蒐集痕跡，帕塔說：

「我不怕死。」

接著過了好久，才又開口：

「我不知道。可能是害怕自己消失吧。」

39

朋友把車調頭，這樣一來河川就更靠近坐在副駕駛座的帕塔了。這是朋友的體貼，希望帕塔能更清楚地看到夜景。他一向如此。

帕塔將頭伸出窗外，頭髮向四方飛散，她很快地緊閉雙眼。因頭髮纏結而狼狽的帕塔，以及一旁的他毫不在意帕塔的滑稽模樣，只是替她打開加熱坐墊，這兩人在二十歲時相遇。成為朋友不需要契機，僅僅是「沒有必要分享悲傷」的想法拉近了他們的距離。

他們約定好各自悲傷，只對彼此分享喜悅。朋友擅長解讀帕塔難以辨別的表情，且在不過問細節的適當冷漠方面，兩人很相似。他們會等對方開口說自己想說的話，但絕對不會主動提問。

某天，掛斷了一通平凡無奇的問候電話，三分鐘後，手機再度響起。

他非常了解帕塔，對她來說只需要一句話就足夠。他不遲疑地傳了一則簡短的訊息給帕塔。

「帕塔，祝你擁有所有的幸運。」

帕塔總是想起這句話。既然如此，要不要將所有的幸運準確分成你一半我一半？

「很冷，把窗戶關上吧。」
帕塔塞回凌亂的頭髮，他把自己的手機遞給了她。將兜風選曲託付給自己的這一舉動讓帕塔格外感動，這證明了彼此的喜好和信賴。

「你是愛我的，無庸置疑。」帕塔的聲音變得稚嫩。

朋友開口了。

「不多不少，就三首歌。」

帕塔早就知道會讓她播四首歌。她開始放音樂。

NoMBe開始唱歌了。〈This moment lasts forever〉

突然，帕塔張開十隻手指頭數了起來。

『在有限的時間裡，到我死為止可以讀完幾本書呢？』

光是書店裡的書都讀不完了吧……

『在有限的時間裡，我還可以再擁抱幾個人呢？』

與其去擁抱新的人，應該多擁抱認識的人兩次、三次吧……

『在有限的時間裡，我可以旅行幾次呢？』

即使每年都出去旅行一次，也沒辦法瞭解地球的一半吧……

41

這是一條只有一輛車能勉強通過的狹窄鄉間小徑。

聽見了蟋蟀的叫聲。帕塔無法知道是因為她想聽見才聽見，還是蟋蟀真的在叫。

『是青蛙的叫聲嗎？』

帕塔確認了沒有任何東西靠近或跟著她。

接著她輕輕地躺在地上。一片被薄幕覆蓋的藍在她面前展開。她心想，如果掀開那層雲幕，應該就能看見濃郁的深藍。天空均勻到帕塔找不到視線安放的地方。壓迫的鬱悶感讓她閉上了眼睛。隱隱約約聽見了水聲。而現在聽見了螞蟻的腳步聲，它們爬到了她的臉上。帕塔在那躺了好一段時間，睜開眼睛時雨水正一滴一滴落下。

她摸摸口袋，才發現自己把手機忘在家裡了。

當時大概快要5點了吧。

朋友用叉子捲著麵條。她把叉子放入嘴裡的瞬間也在掉淚。微微張開的嘴邊眼淚直流。再看向朋友的眼睛時，帕塔嚇一跳，她的黑色眼珠像要被淹沒一般。閃動盈滿的淚光啪嗒啪嗒落下。

「你現在好漂亮。」帕塔說道。

「因為瘦了吧。這兩個禮拜什麼都吃不下，在被甩之前應該要讓他看看這副模樣的。」朋友請店家幫她添滿酸黃瓜。

「要不要把面紙貼在臉頰上？」帕塔沒有在開玩笑。朋友不斷在擦拭眼淚，為了她的皮膚著想，這是剛剛想到的最有效率的方法。朋友順著帕塔的話，把面紙撥開並壓上臉頰。

「我們在一起七年，現在卻說不需要我了。」

「也是很厲害了。」帕塔溫柔地拉長語尾。

「他…抱著我，哭得很厲害……」重新想起那個當下的她停止哭泣，延續了幾乎快要消散的記憶。

「為什麼會哭呢？他一定正在後悔，也許在等我先聯絡也說不定。他這個人沒有勇氣。」她尋求認同的目光非常強烈。

「那些眼淚不會是為你流的，一定是為他自己流的，為了下定決心單身的自己。說不定他其實是很有勇氣的人。」

回錯話，面紙又挨罰了。淚水再次濕透面紙。

擺在兩人中間的可樂瓶傳出氣泡聲，讓沉默無從存在。

「沒死就不錯了。」帕塔脫口而出，朋友低頭笑了。

「我都這樣想。沒死就不錯了。還在某個地方吸著同樣的空氣也算好運。但突然覺得不爽的時候，我會大吸一口氣，希望他吸到的空氣少一點。」

朋友擤著鼻子，用含糊的聲音說。

「一切都太不容易了。」

「沒錯，我們大概到死為止都做不好吧。」

兩人相視而笑，但那笑容並沒有成為力量，反倒令人感到無力。

朋友說了。

「下一次要更愛才行。我的夢想就是愛上一切。」

帕塔也開口了。

「我的夢想是習慣所有的分離⋯⋯」

43

嗒、嗒、嗒，

帕塔與卡莉胡亂奔跑著。在卡莉手上有一個雪人牢牢地站著。擁有眼睛、鼻子和嘴巴模樣的雪人，除了沒有腳，一切都很光滑且看起來很完美。

「啊……」

卡莉濕漉漉的手逐漸泛紅，要抵達家門得先爬過長長的旋轉樓梯。

「姊姊！把它給我！」帕塔熟練地伸出雙手。卡莉猶豫著是否能相信比雪人還小的手。此時融水滴了下來，帕塔沒有開口說自己做得到，而是再次動了動自己伸出的手。

「上樓小心。」

雪人現在座落在帕塔手上，解放雙手的卡莉加快速度，時不時回頭確認帕塔是否有好好執行任務。帕塔一路只盯著白色人形，抵達樓梯最後一階後，卡莉已經開著玄關門在等待。

兩個人直奔廚房並打開冷凍庫，所有事情都迅速地完成。為了雪人安樂的小窩，他們欣然放棄冰淇淋桶。

「呼～」帕塔將手放到嘴巴前面，輕吐了一口溫暖的氣息。

佔據一席位子好一段時間的雪人總是擺著同樣的表情，而她們為了看這同樣的表情將冷凍庫的門開開關關了數十次。

然後某天媽媽說了。

「不能讓它一輩子在這裡，哪天陽光好的日子一起把它帶出去吧。」

太陽準時升起，雪人被放在原本的位子上。雪一傾斜，鼻子隨即掉了下來。

她們一直守在那裡直到雪人消失。

卡莉開口說。

「明年還能再見。」

兩人手牽手跑上家門。而消失的雪人甚至沒能化成一灘水坑。

『一切會順理流轉。』

帕塔盯著白色對話框許久。即使過一段時間就要重新點開快要暗掉的螢幕也不嫌麻煩。『順理這個詞……』帕塔打開了搜尋頁面。

順理［순리］：單純的真理或道理；或是遵循真理或道理。

帕塔再次打開了聊天視窗。

『一切會順理流轉。』

是在指離別呢，還是加油的話呢，還是為了我們說的話呢……

為了定義這份情感帕塔努力地思考，在皺起眉間之際，電話響了。是爸爸。爸爸打來炫耀自己今天踢進了兩球。

「原來今天是禮拜六。」

爸爸每個禮拜六都會和朋友們踢球。託爸爸的福，帕塔跟姊姊從出生開始就習慣了踩在草地上。

她挽住了即將要掛斷的電話。

「欸，爸爸，所謂的順理流轉是什麼啊？順理而流是指說……」

「一切都有秩序地按照既定的軌道流動。像時間到了季節會更迭，像水會靜靜地往低處流下去……」

「……」

「不要把焦點放在順理，重要的是『流轉』，想想流向。」

電話一掛，又回到同樣的對話框。

「一切都會順理流轉。」

就像在永別的同時又把賭注押在偶然的重逢相遇。

她將順理歸類在激動的心

沒有回覆那則訊息。

45

那天是禮拜六，在結束第四節課的回家路上。當時是需要穿夏裝的季節，我留了一頭及腰的黑色長髮。
回家的路有兩條，一條是需要繞點遠路的大馬路，一條是捷徑小巷。必須從中選擇一條路走。平時我喜歡走大馬路，不過今天天氣太熱想穿過捷徑。我走進那條巷子，走了一陣，突然感覺有人拍我的肩膀。拿下一邊的耳機往後看，瞬間渾身起雞皮疙瘩。

一位普通的三十多歲男子站在那裡，雖然是第一次看到的人，但在見到他的那0.1秒我全身都在發出信號。僵直的身體開始冒冷汗，心臟像發狂似地跳動，感覺就像紅色警示燈在我的身體裡閃爍，像鈴聲振動在我肚子裡響起。

那位男子戴著沒有邊框的透明眼鏡，皮膚上是滿滿痘印，身高算高。

「請…請問…可以告訴我…這…這個地址…在…在哪裡嗎……」

眼睛都沒有對視，他給我看了一張皺皺小小的紙條。因為對奇怪的外表感到驚訝，我目不轉睛看他。

「我也不太清楚。不好意思。」

話一說完，他又開口：

「聽…聽說是這…這附近…我…我不太知道…是…是哪裡…請陪我一起去……」

「我也才剛搬來不久，所以不太知道這附近的路，不好意思。」

我轉過身後，那位男子卻猛地抓住我手腕。我迅速掃視了巷子，但沒有看見任何人。那時知道了，當恐懼超過極限是無法發出任何叫聲的。他繼續重覆要求陪他一起走，去那個不知道是哪裡的地方。

「不好意思，等一下。嗯，爸爸我現在在回家的路上。」我決定將性命賭在另一邊還戴著的耳機。儘管沒有傳來任何回覆，只有音樂持續播放，但我繼續講下去。

「這裡有人在問路……爸，你說你在這附近嗎？那你等一下先不要掛電話。先生！我爸爸說他正要往這邊過來，等一下我們一起幫你找路」

他臉色鐵青地放開我的手腕，突然說沒關係不用了。當時我又挽留了一次。

「沒關係，我爸爸比我還知道路。爸，你趕快來～」

一聽到「爸爸」這個詞，他就飛快從我身邊離開。與此同時我轉身往回跑，沿著這條巷子一路跑回進入小巷前的道路。我跳到大馬路上。看到那名男子在前方走來，剛好又再次跟我對到眼。

他看起來很憤怒，一看見他快速又大步向前走的樣子，我馬上打電話給爸爸，無視紅綠燈逃到了對面的便利商店裡。男子在對面盯著我站在便利商店裡好一段時間。爸爸接到電話後，馬上跑進了便利商店。回家的路上，我連轉頭往後看的勇氣都沒有。那一整天連一餐都吃不下，好像快吐了。

帕塔一說完故事，圍著她的朋友開始補充自己的想法。

「我懂那是什麼樣的心情。」

「沒錯，那個訊號很恐怖。」

「我也想一個人夜遊看看……」

像被發現有著同樣想法，所有人沉默了好一段時間。

「以前我國中的時候，有一天我在等地鐵……」

一位朋友接著開口說話。

而刨冰上又再次放滿沾上口水的湯匙。

將雙手整齊的放在膝蓋上時，

左邊數來的第二位男人發問了。

「你最擅長的是什麼？」

「等待。」

過於簡短的回答讓現場頓時一片寂靜。原本一直盯著文件看的男人們瞥了帕塔一眼，接著中間的男人發問了。

「那你認為自己的優點是什麼？」

「嗯，等待。」

「你遇到危機時會怎麼克服？」

「就是等待，靜靜地等。」

「你是因為有很多這樣的面試經驗所以不會緊張嗎？還是你沒有誠意？」左邊數來第一位男人語帶嘲諷地說。帕塔停頓了一下，才接著回話。她曾說過，當對方出現無禮的行為時，只要在開始說話前爭取幾秒鐘的時間，整個節奏就會掌握在自己手中。

「是以回答的長度來判斷誠意的嗎？」

看起來最年長的男人面帶微笑問道。
「你擅長等待什麼？」

「在排得長長的隊伍中老老實實地等待，或者無止盡地等待……任何朝我迎面而來的事物。」

「最後，請問你的夢想是什麼？」

這就無法繼續誠實了。帕塔回答：

「當然是通過這裡的面試。」

白色小房間裡，窗戶也小小的。帕塔坐在一張陳舊的褐色三人座沙發中間。
她的視線停留在佔據左側角落的植物。往後也經常看著那個地方說話。

『是覺得只靠那株仙人掌就可以讓這個房間變得溫馨嗎？』

這時，坐在對面的醫生剪斷了思緒的尾巴。

「那，帕塔，從上禮拜我們第一次見面以後你過得怎麼樣？那天回家路上有對自己說出什麼話感到後悔嗎？或是後悔沒能說出什麼話嗎？」

「都沒有。我過得很好。」帕塔回答。

「我們彼此也需要時間適應，所以不用有壓力，會慢慢熟悉的。」

帕塔點點頭，短促地笑了一聲，雖然是她自願踏進這個小房間，卻有點陷入了混亂。
她好奇自己能對素未謀面的陌生人吐露多少私事，於是獨自走進了這個房間。卻發現花錢買時間雖然容易，要填滿空白卻非常困難。

「重新回顧上次的會談。我覺得，你不管去到哪裡都是擔任傾聽者的角色，所以今天來聽聽你的故事好嗎。小時候的記憶也好，家人的故事也好，請你跟我說任何你想說的故事。」

「我不太知道要從哪裡說起。」帕塔盯著角落，想像仙人掌的刺全部都被拔掉。

「一切是從那裡開始的。」

因為下定決心要活得正直，她跟自己達成了共識：與其調整誠實的「程度」，不如調整誠實的「數目」。她開始娓娓道來。醫生的表情和原子筆隨著帕塔的敘述忙碌地動作，整個節奏也隨之加快。在帕塔習慣自己的聲音在房間裡迴盪時，

「稍等一下，帕塔。不好意思打斷你的話，因為有一件事情很好奇。」

醫生盯著帕塔片刻，開口問道。

「為什麼你會面帶笑容講傷心的故事？」

「有嗎？」

「一般在談到以前的記憶時，會有當時的情緒湧上來，有些人會感到憤怒，大部分的人會哭出來。臉上瞬間會有情緒閃過去。但是，嗯，應該怎麼說。你在講述自己的事情時，像是在轉述從別人那裡聽到的故事，看起來若無其事，面帶笑容地敘述。」

帕塔啞口無言。

她討厭因尷尬又再次笑了的自己。

「如果有過什麼事，那就是有過什麼事，帕塔。」

「……反正都是以前的事了。」

帕塔的聲音變得更小聲。她沒有做錯任何事，卻感覺像犯了錯一樣。

得到「練習不要隱藏」的作業，她在當天回程的車上，第一次對自己心生憐憫。

48

在七次的見面後，她發送了最後的道別訊息。

醫生，

我決定原諒自己

也已經原諒自己了。

這個方法我會銘記在心的。

49

接著，

當我終於見到她的那一刻——

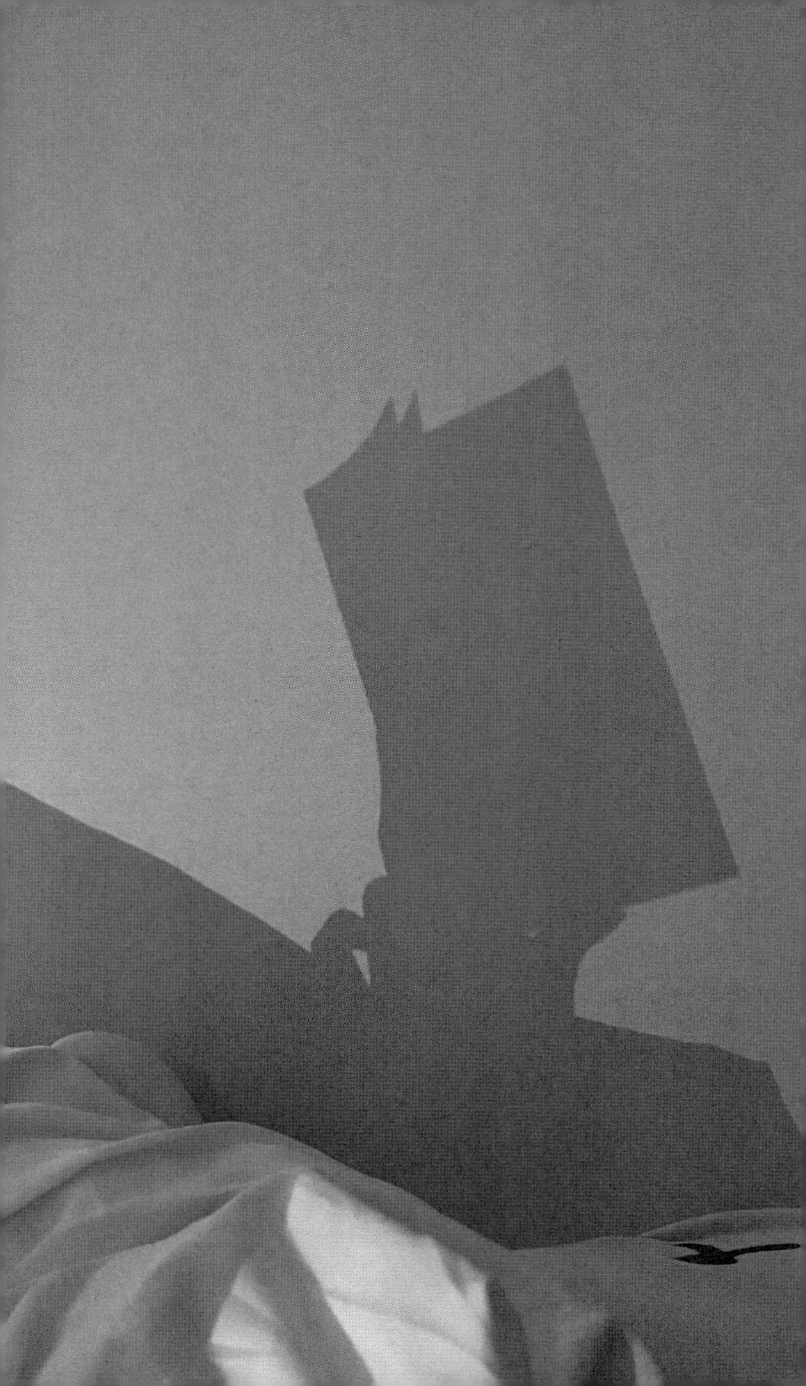

輯二

腦中的念頭

最容易的事

有一座小劇場。

燈光一亮，人們從舞臺右方接連上場。

登場人物是曾經讓我痛苦的人。表演時常反覆上演。

有只出現一次的演員，也有每次都不會缺席的人物。

現在輪到我上場了。

來，從左邊開始一個接一個。那些人物輪流道歉，有的人主動跟我握手，有的人會抱抱我。

他們就這樣不停向我道歉，而我欣然原諒了他們。

在我腦海中的表演謝幕了，

這表演全年無休。

我就這樣，日復一日在睡夢中學習寬恕。

最
容易的
事
有一座小劇場。
燈光一亮，人們從
舞臺右方
接連
上場。
登場人物
是
曾經
讓
我
痛苦的
人。
表演時常
也有
每次
反覆上演。有只出現一次的演員，
都不會
缺席的人物。

現在輪到我上場了。
來，從左邊開始第一個。那些人物輪流道歉，
有的人
跟我握手，
主動
有的
人
會
擁抱我。
他們
就這樣
不停
向我道歉，而
我
欣然
原諒
了
他們。
在我
腦海中
的
表演
謝幕了，
這
表演
全年無休。
我
就這樣，
日復一日
在睡夢
中
學習
寬恕。

P.69

是否我的靈魂年老得使我難受

而肉體卻很年輕像是詛咒

或者這錯亂的節奏是否歸咎於

我的靈魂是令人痛苦的年輕

我的身體正以令人痛苦的程度老去

我的墜落，

是不是因為靈魂年輕或者身體蒼老，

在規律的步伐下，危險的木板在搖晃，

我就這樣迎接了這一場冒險。*

* 致敬米蘭．昆德拉《生活在他方》（民音社，2011），P.69。

是否　我　的　　靈魂　　年老　得　　使我難受

而　　　　肉體　　　　卻　　很像被詛咒

或者　　　　這錯亂的　　　節奏是否歸咎於

我　的　　　靈魂　　　是　令人痛苦的　年輕

我　的　　　　身體　正以　　令我痛苦的

我的墮落，

是不是　　因為　　靈魂　年輕　　　　或者身體蒼老，

在規律的　步伐下，　　我就這樣的接了這搖擺擺。

坦白

「現在也難過嗎？」

「嗯。」

「為什麼難過？」

「我幸福的時候就會感覺難過。」

「明明很幸福，為什麼感到難過？」

「因為這個瞬間是不再復返、即將逝去的時間。」

「還是會有感到幸福的時候啊？」

「但這個世上並不存在相同的幸福。」

「那難過的時候呢？」

「難過的時候很安心。」

「為什麼？」

「因為不會有更糟的事情了。」

「那真是再悲傷不過的事了。」

我趴在那，難過了好長一段時間。

坦白

「現在也

難過嗎？」

「嗯。」

難過？」

「為什麼

「我幸福的時候
就會感覺難過。」

「明明

很幸福，為什麼感到難過？」

「因為這個瞬間是不再復返，

「還是會有感到即將失去的時間。」

幸福的時候啊？」

「但這個世上並不存在相同的幸福。」

「那難過的時候呢？」

「難過的時候很安心。」

「為什麼？」

「因為不會有更糟的事情了。」

「那真是再難過不過的事了。」

我卻在那，難過了好長一段時間。

紅色對話框

遇見某個人，不必為了被對方理解而煞費苦心，

也無需一次又一次在期待與失望間來回，

寫下的一段文字，理清了我長久煩惱的複雜內心，

意想不到的安慰突然湧現，讓我無法移開目光。

於是我關掉紅色的數字，靜音了一切，

開始遇見無數個人，擁有我隨心描繪的臉孔。

紅色

為了

對話框

理解

遇見

被對方

某個人

不必

煞費苦心

期待與失望間

也無需

一次又一次

在

來回

我長久煩惱的

寫下的

一段文字

理清了

讓我

複雜內心

無法移開

視窗

突然

意想不到的

安慰

目光

一切

靜音了

關掉

於是

數字

人

我

紅色的

開始

描繪

的

無數個

遇見

關心

我

臉孔

擁有

最常問自己的問題

反正心情終究會變好，

就不能好得快點嗎？

自己　　問題
最常問　的
反正　心情　　終究
就不能　　會變好
好得　快點嗎？

成功法則

如果綜合別人成功達成的原因

加上周圍的人失敗的經驗

再加上從自己經驗中的判斷

應該沒有出錯的道理

成功法則

如果綜合別人的成功達成的原因
加上周圍的人失敗的經驗
再加上從自己經驗中的判斷
應該沒有出錯的道理

隱喻的滋味

據說愛情是從隱喻開始的。

在戀愛初期，人會改變喜歡吃的食物，或為了製造共同點而培養出新的嗜好。當對方傾聽我說的所有話語，並銘記在心的那個瞬間，我很常說：「我喜歡下雨天。」這樣所有的雨天都會成為我存在的日子。

「以後只要下雨你大概都會想起我？」我施下最後一個咒語。祈禱效力能持續很長一段時間。

因為雨水總是突如其來地落下，即便與我分開，你永遠會在雨天受苦吧。

據說愛情是從隱喻開始的。

正如我也因為心裡刻著某人的隱喻感到痛苦，

你也長久體會到隱喻的痛苦滋味吧。

隱喻的滋味

據說 愛情 是從 隱喻 開始的。

在 戀愛初期，人會改變 喜歡吃的 食物，成為了

製造 共同點 而培養出 新的嗜好。當對方 傾聽 我說的

所有話語，並 銘記在心的 那個瞬間，

我很常說：「我 喜歡 下雨天。」這樣 所有的 雨天

都會成為我存在的日子。

「以後只要下雨 你 大概都會想起我？」我施下

最後一個咒語。祈禱效力 能持續 很長

因為 雨水總是突如其來地 落下一段時間。

即便與我分開 你永遠會在 雨天 受苦吧。

據說 愛情是從隱喻開始的。

正如 我也因為心裡刻著 某人的甜蜜隱喻 感到滋味吧。

你 也長久 體會到隱喻的 痛苦，

黑巧克力・白巧克力

「我們對每件事物的認識，靠的都是它們的反面：我們從日去認識夜，從失敗去認識成功，從和平去認識戰爭，從安全去認識危險。」*

若是得靠反面才能認識事物本身
我沒辦法認識自己是因為沒能找到相反的自己嗎？

* 來自蓋文・德・貝克《恐懼，是保護你的天賦》

黑
巧克力．
白
巧克力

「我們
對
每件
事物
的
認識，

它們
的
都是

靠的
反面：
從
日
從
我們
去
認識
夜，

從
去
認識
失敗
成功，
和平
從
戰爭，
去認識

安全
危險。」
去
認識
認識自己
不能
認識
事物
沒辦法
找到
本身
我
沒能
得
靠
若是
反面
是因為
相反的自己嗎？

事實

我從來不曾動搖過。不曾不安過。

也不曾擔心過。

就如愛默生說的：「因為我的直覺就跟天空中的太陽一樣是客觀的事實。」*

* 出自拉爾夫．沃爾多．愛默生《自立》

瞄準

我的心在中心嗎

我的心在下方嗎

我的心在往前走嗎

我的心停了下來嗎

我的心上究竟有誰

瞄準

我的 心 在往前 嗎

我的心停了下來嗎

我的
心在　下方嗎

我的 心在
走嗎

我的心上究竟　有誰

對視

總是會有回去的地方，這個想法浮上心頭。

總是有回去的地方。

隨著時間流逝，那樣的想法變成確信，我終究找到了隱藏在某處對於死亡的不安，然後用雙手緊緊抱著。

但究竟是回去哪裡？不曉得。不過我有可以回去的地方。

接著某天，我決定跟姊姊說這個秘密。

「不知道在姊姊聽來是怎樣，但我總是覺得有可以回去的地方，所以這個世界一點都不可怕。」

靜靜看著我的姊姊開口說道

「真的嗎？其實我也這樣覺得。」

果然我就是姊姊，姊姊就是我呀！

對視

總是會有 回去的 地方，這個 想法
總是有 回去的 地方。 浮上心頭。
隨著 時間流逝，那樣的想法 變成確信，我
終究找到了
隱藏在某 處 對自己的不安，然後 用雙手
緊緊抱著。
但
究竟 是 回去 不曉得。
哪裡？
不過 我 有 可以回去的地方。
我決定跟妹妹
某天，
接著 說這個 秘密。
「不知道 妹妹 在 聽 來 是怎樣，
我總是 覺得 有 可以 回去 的 地方，
但 所以 這個 世界 一點 都 不可怕。」
靜
靜
看著 我的 妹妹

開口說道

「真的嗎？ 其實 我 也 這樣覺得。」
果然 我 就 是妹妹，
妹妹 就是我呀！

鄉愁

「再見，帕塔。」

「不能忘記我喔。」

「這是我做的手鍊，送給你。」

「要常常回來喔。」

「Tschuss Pata（再見了帕塔）。」

「⋯」

「你就不能不要走嗎？」

想起在學校的最後一天。

想起在故鄉的最後一天。

無法停止哭泣的姊姊抽噎著。

是因為年紀太小所以不懂何謂離別嗎？和朋友們道別的時候，我一次都沒有流下眼淚。當時的我認為回來這裡很簡單，還不知道什麼是「這輩子不會再相見了」。因為在這世上沒有經歷過的事情，會以為沒什麼大不了。

鄉愁

「再見，帕塔。」
「不能忘記我喔。」
「這是我做的手鍊，送給你。」

「Tschuss Pata（再見，帕塔）。」
「……」
「你就不能不要走嗎？」

想起在學校的最後一天。
想起在故鄉的最後一天。
抽噎著
無法停止哭泣的妹妹，
「要常常回來喔」
是因為年紀太小所以不懂離別嗎？

和朋友們道別的時候，我一次都沒有流下眼淚。
當時的我還不知道什麼是「這輩子不會再相見了」，
認為回來這裡很簡單。
因為沒有經歷過的事情，
會以為在這世上沒什麼大不了。

就這樣我們一家人抵達了韓國。

機場的門打開，在踏出第一步後，

我一整路緊閉的嘴巴終於開口了。

「可以了吧？我們回去吧。」

我抓著媽媽的手晃來晃去，

但沒有得到回應。

抬頭看向爸爸媽媽，他們的臉上一瞬間露出像是回到家裡的舒暢感。

同時，我意識到好像再也回不去，不安的感覺在我身上油然而生。

潮濕黏膩的風盤繞著我的身軀。當時真的厭惡極了這個地方。

就這樣 我們一家人 抵達了 韓國。
機場的門 打開 在 踏出 第一步後，
我一整路緊閉的嘴巴終於開口了。

「可以了吧？我們回去吧。」

我 抓著 媽媽的 手 晃來晃去，
但沒有 得到 回應。
抬頭看向爸爸媽媽，他們的臉上一瞬間 露出像是回到 家裡的舒暢感。

同時，我意識到 好像 再也回不去， 不安的感覺 在我身上 油然而生。

潮濕 黏膩的風 盤繞著 我的身軀。
當時 真的 厭惡極了 這個地方。

下輩子

「如果有下輩子的話你想當什麼？」

「樹！」

對於姊姊的提問，我毫不遲疑地說出了答案，讓她哭了。

不知道讓她哭的原因是什麼，但我決定當作是因為姊姊太愛我了。

下輩子

「如果有下輩子的話，你想當什麼？」

「樹！」

對於妹妹的提問，我毫不遲疑地說出了答案，

不知道讓她哭了的原因是什麼，但我決定當作是因為妹妹太愛我了。

一字掌紋

和爸爸並肩走路時

我不經意往手的方向看去，一如往常地——

我的手抓著爸爸的食指走著，

而爸爸的食指被我的手掌側面緊緊包覆。

不會有比爸爸的手還溫暖的手。

不會有比爸爸的手還厚實的手。

不會有比爸爸的手還踏實的手。

爸爸的食指一直都是屬於我的。

並肩
一字掌紋
走路
爸爸
時
和
看去，
不經意
往
往常地——
手的方向
我
一如
的
爸爸
走著，
抓著
食指
緊緊包覆。
而
被
我的手掌側面
的
爸爸
食指
有
不會
手。
的
的
比爸爸
還溫暖
手
手。
的
厚實
還
比
爸爸的手
有
會
踏實
爸爸
的
還
比
手。
的
手
部
是
會有
一直
食指
的
爸爸
屬於我的。

發酵

緊緊抓住也絲毫不會沾手的鬆軟麵團。感覺變硬了，就用手努力揉開；感覺太濕黏，就更使勁揉捏。它可以剛好完美地倒入任何模具，也可以隨我的心意柔軟延長。膨脹，鬆軟，用手一按會「噗——」地立即陷下去，接著馬上「咻——」地回彈。表面又是那麼結實。

我那不會變乾、活生生會呼吸的濕潤麵團。

我稱為情感。

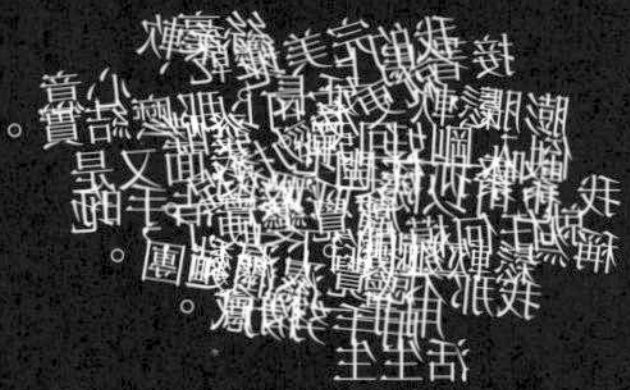

我沒辦法寫的原因只有一個

當想法遠遠跑在前頭，但手卻追不上的時候

結果今天的我，也沒能寫下任何東西

我沒辦法寫的原因只有一個
當想法遠遠跑在前頭但手卻追不上的時候
結果今天的我也沒能寫下任何東西

跨欄

地板上是我掉落的頭髮，會不會一個不小心就絆倒，然後重重摔下去

好可怕

跨欄

地板上
是我掉落的

重重摔下去

就絆倒

會不會

然後

一個不小心

頭髮

好可怕

幸運信

你知道靠山吧。

既不起眼卻又煩人，也沒有什麼特別的好感，但無論我做什麼都好像會一直在那裡。

那可是背後的支柱。而且有時它真的能令人安心。

你應該不曉得擁有那座山是多大的武器吧？渴望有那座靠山伴隨自己的人可是知道那樣的力量能帶來怎麼樣的影響。

我願意成為你可以依靠的那座山。

對了，今天有藍色的小鳥寶寶掉到我身上。感覺會有好事發生，

所以我把三分之一的幸運分給你，

因為你是嬌小又珍貴的，

因為我比任何人都希望你幸福。

你是一個很好的人。

幸運信 知道 也
沒有 特別的好感，
你 又 靠山吧。
卻 什麼
煩人， 但 無論
瞧不起眼 做什麼 都 好像
背後的 我 一直
那 可是 支柱。 會 在那裡。
而且 有時 它 真的 安心。
令人 能
應該 不曉得 擁有 武器吧？
渴望 多大的
有 那座靠山 伴隨 那座 山 是 可是
自己 的 人 知道
力量
那樣的 怎麼樣 影響。 我 願意
能 帶來 的
成為 你 可以依靠 有 掉到 我身上。
所以 對了， 今天 寶寶 藍色的小鳥 感覺
的 那座山。
我 會有 好事發生，
把 三分之一 因為 你
幸運 分給你， 是 嬌小又珍貴的， 因為
比
我 任何人 你 你 是一個 很好的人。
都 希望
幸福。

問題

1. 有曾經去哪裡旅行嗎？
2. 會說一種以上的語言嗎？
3. 有寫東西的習慣嗎？
4. 有閉上眼睛能馬上朗誦出來的詩嗎？
5. 有讀過任何一本米蘭・昆德拉的書嗎？

1.

2.

3.

4.

5.

習慣嗎？

有曾經去

會說

哪裡一種以上

米蘭的

的語言嗎？

眼睛

的書嗎？

隨便一件小事

我躺在平整的床舖上，小聲嘟噥著

「好無趣，真的太無趣了。又要活過一年居然是這麼疲憊的事。」

喃喃自語獲得了勇氣，聲音在勇氣的支撐下爆發出來。

我大聲喊說：「你有聽到我說的嗎？真的太無趣了，不是嗎？這個世界。」

忽地從廁所伸出一顆頭，你回應道。

「你有聽見嗎？」

「聽見什麼？」

「鳥叫聲。」

「……」

「小鳥好像在離窗戶很近的地方發出叫聲。」

隨便一件小事

我躺在平整的床鋪上，小聲嘟囔著

「好無趣，
真的太無趣了。又要活過一年
居然是這麼疲憊的事。」
喃喃自語
我獲得了勇氣，聲音在勇氣的支撐下爆發出來。
我大聲喊說：
「你有聽到我說的嗎？
真的，太無趣了，不是嗎？這個世界。」

忽地，從廁所伸出一顆頭，你回應道。
「你有聽見嗎？」
「聽見什麼？」

「鳥叫聲。」「……」「好像小鳥
在離窗戶很近的地方
發出叫聲。」

從你眼裡看見了類似活力的東西。

我閉上嘴往窗戶定睛一看，有小鳥發出了叫聲。覺得連鳥叫聲都聽不見的自己很慚愧，羨慕連聽到鳥叫聲都可以感到幸福的你。

又再一次覺得慚愧了。

某個夜晚我們在下過雨後濕悶的漢江公園散步。

看見閃閃發光的水面，波動的水紋濺出這世上所有的光，我心想，「好漂亮……」。與此同時你說出聲：「好漂亮！怎麼可以這麼漂亮。你去前面站著，我幫你拍照。」

你總是讓我站在閃閃發亮的東西前面，看了看這樣的你，我站了過去。好不容易覺得漂亮的東西漂亮，差點就覺得自己很棒，卻又羨慕把漂亮直接說出來的你。

隨便一件小事都可以感到嫉妒啊。

說是種慚愧感吧。

從你眼裡 看見了 類似 活力的東西。

我 閉上嘴 往窗戶 定睛一看，

有 小鳥 發出了叫聲。

覺得 連鳥叫聲 都 聽不見 的 自己 很慚愧，羨慕 連 鳥叫聲 聽到 都可以 感到幸福 的你。又再一次 覺得 慚愧了。

某個 夜晚 我們 在 下過雨 後 漢江公園 散步。

看見 閃閃發光 的 水面，濕潤的 波動 的 水紋 濺出 這世上 所有的光，

我心想，「好漂亮……」。可以 與此同時 你 說出聲：「好漂亮！」

你 怎麼 這麼漂亮。

你 總是 讓我站在 閃閃發亮的 東西 前面，

「去前面站著，我 幫你拍照。」

看了看 這樣的 你，我站了過去。

好不容易 覺得 漂亮的東西 漂亮，差點 就覺得 自己很棒，卻又羨慕 把漂亮 直接說出來 的你。

隨便一件小事 都可以感到 嫉妒啊。說是種 慚愧感吧。

未完成

飽含雨水的陰沉雲朵

在演出開始前三秒陷入的黑暗

好幾次吞嚥忍住的嗚咽

未完成
的
陰沉
雨水
飽含
演出
陷入
在
吞嚥
開始
三秒
前
嗚咽
雲朵
忍住的
黑暗
好幾次
的

聳立

總是會有人支持我到達峰頂。

但是對我來說，打從一開始就沒有朝著峰頂邁進，

難道有什麼是峰頂，是只有他們看見的嗎？

是打算把我放上峰頂後再推下去嗎？

我一直都靜靜地在這個位子，

靜靜地站在沒有高低之分的地方，

僅僅是所有東西從我身旁經過，而我一動都沒有動。

沒有動

又想起來了

又想起來了。

有某個會經常回想的場景。在那個剛學會走路、覺得依偎在懷裡很溫暖的年紀，我和家人們一起到了游泳池玩耍。多虧了套在兩隻手臂上的泳圈，我可以抬著頭漂浮在水面上。玩水的時光很開心，但開心的部分並不重要。因為不重要，現在開始才是我反覆回想的場景。

爸爸媽媽整理著回家的行李。爸爸為了把充氣泳圈消氣，把泳圈從我手臂上摘下來。姊姊當時是在哪裡去了？而我走近水池，接著毫不猶豫地跨出一步。重要的是，不是跳著進去的，就只是跨了一步。這很重要。像腳往地面踩一樣一腳踩在水面上。沒有發出任何聲音就墜入水中，然後我睜開了眼睛，看見水裡的泡泡咕嚕咕嚕向上升起的樣子。

又想起來了

又想起來了。

有某個會經常回想的場景。在那個剛學會走路，

覺得依偎在懷裡很溫暖的年紀，

我和家人們一起到了游泳池玩耍。多虧了套在

兩隻手臂上的泳圈，我可以抬著頭

漂浮在水面上。玩水的時光很開心，

但開心的部分並不重要，

因為不重要，現在開始才是我反覆回想的場景。

爸爸媽媽整理著回家的行李。

爸爸為了把充氣泳圈消氣，

把泳圈從我手臂上摘下來。妹妹當時是在哪裡去了？

而我走近水池，毫不猶豫地接著跨出一步。

重要的是，不是跳著進去的，

就只是跨了一步。這很重要。

像腳在地面踩一樣一腳踩在水面上。沒有發出

任何聲音就墜入水中，然後

我睜開了眼睛，看見

水裡的泡泡咕嚕咕嚕向上升起的

樣子。

我就只是靜靜仰頭望著，沒有掙扎。白濛濛的搖曳水波映上了媽媽的臉，兩隻手臂伸進來後把我拉出水面，我才終於可以呼吸。嗆辣的消毒水讓我開始咳嗽。我沒有哭，但媽媽哭了。

到現在還是覺得很奇怪，我是怎麼避開那麼多的視線能到達水裡？我也知道自己兩隻手臂上沒有泳圈，那為什麼會踏進去？因為沒有鼓起勇氣，所以那時也不覺得害怕，這一切行雲流水的自然發生。

我依舊不會游泳，但很擅長潛水。

白濛濛 的 搖曳水波
沒有 映上 了 媽媽 的
我就只是 靜靜 望著，掙扎。 兩隻 手臂 臉，
仰頭 把 我大 伸進來 後 我 拉出水面， 終於 可以呼吸。
嗆辣的 消毒水 讓 我 開始咳嗽。 但 我沒有哭， 避開那麼多 媽媽 哭了。
到現在 還是 我是怎麼 的 視線 覺得很奇怪， 自己
兩隻手臂 能到達水裡？我也知道 上 因為 沒有 踏進去？ 為什麼
沒有泳圈， 那 會 所以那時 這一切 鼓起勇氣，
我 也不覺得 依舊 害怕，
不會游泳， 但 行雲流水 的 很擅長潛水。 自然發生。

無數個心上的房間

我走在長廊上，沒有特定路線的巡邏

燈光只在我所到之處亮起，

走過的路會再次陷入黑暗。兩側對立的房門在前方

沒有盡頭地展開，串在我兩側腰間上的鑰匙多到在地上

拖行。

這些房間是感情之房、心意之房、

人性之房，以及記憶之房。

有時會用來囚禁，有時也從此逃脫，

所有的鑰匙都在我身上，完全是依我的選擇打開房間。

今天也對安分的房間感到滿意。

無數個
心上的 房間

我走在
長廊上，沒有 特定 路線 的 巡邏

燈光 只在 我 所到之處 亮起，
走過 的 路 再次 會 陷入
黑暗。

兩側 對立 的 房門 在前方 展開，
沒有 盡頭地
我 串在 兩側腰間 上的 鑰匙
多到 在地上 拖行。

這些房間 是 感情之房，心意之房，人性之房，
以及 記憶之房。

有時 會用來囚禁，
也有從此逃脫，
所有的 鑰匙 都在我身上，
也是 安分的 完全 打開房間。
依我的 選擇 房間 今天 感到滿意。

真心是不管用的

起源

思索本質

我是小行星中的一粒星塵

起源

本質

小行星

星塵

思索

中

我

一粒

是

的

故事的開始

有人跪在我的面前。

那一瞬間，

風向我吹來

季節停止變化

天花板上是大海，腳下是天空。

人們畏懼我。

人們讚揚我，

無形的事物顯現於眼前，有形的事物卻消失不見。

在我剛剛拿起筆的時候

故事的開始

有人跪在我的面前。

那一瞬間，
風向我吹來
季節停止變化
天花板上是大海，
腳下是天空。
人們畏懼我。
人們讚揚我，
無形的事物顯現於眼前，有形的事物卻消失不見。
在我剛剛拿起筆的時候

別人的家

當我認為地球不是我的家，

所有的選擇都變簡單了。

地球

別人的家

認為

我的家，

當我不是

所有的選擇都變簡單了。

讀書筆記

盧梭說：「反省使我憂鬱，幻想使我安逸。」

以這句話作為標準思考，發現沒有反省就無法抵達幻想，

而從幻想墜入反省的道路是虛假的幻想。

獨處時便會感受到，時間這輛列車自然會教我如何在反省中幻想。

都不知道幻想是這麼快樂的事。

盧梭 「反省 使我
憂鬱，
幻想
說：

使我 安逸。」 這句話 作為標準思考，
以

抵達幻想，
無法
發現 反省 就 道路
沒有 的 是虛假的
反省
而 幻想 幻想。
從 墜入 便會
感受到，
獨處時

自然會教
這輛列車
時間
我

在 反省中
如何 幻想。
這麼快樂的事。 都 不知道 幻想 是

冥想錄一篇

爸爸教導了我如何喜愛大自然、不要鬆懈於學習、遇到付不出公車錢的人要幫對方付錢，還讓我知道什麼是深情的眼神。

媽媽給予了我剛韌、挑戰與勝負欲。讓我見識到練習的力量，以及培養了我必須雙倍報答他人的賢明。

姊姊則告訴了我必須存在的理由。

我的雙眼映著他人的身影，偷來他人的思想吞下，將那些字字句句懷在心中。

我在思考，是什麼正在構成以後的我。

我是誰呢？目前的我，在先前的影響下成為了什麼樣的人？
原本的我呢？屬於我的東西真的存在嗎？

冥想錄

媽媽

必須存在的理由。

字字句句

了

必須

一篇

原本的我呢？

教導

喜愛

遇到

屬於

映著

爸爸

我在思考

我

練習的什麼

雙倍

報答

以後的我。

在先前的我

目前的我

剛剛、

他人的讚賞

是什麼

以及

學習、

了

偷來

成為了

不要

我的雙眼

正在構成

還讓我知道

存在嗎？

懷在心中。

深情的眼神。

真的

與　勝負欲。

吞下

如何

公車讓座對方

讓我見識到

什麼樣的人？

大自然、

挑戰

我是誰呢？

告訴了我

鬆懈

付錢，

我

給予

他人的身影

姊妹

我的東西

於

將那些

。

他人的思想

則

付不出

隱形之約

將我雙腳拉回地面的並非重力

我之所以會站在這裡

是因為某人

所有人都為了默默履行與某人之間的約定而留下來

我對一個擔心著別人的人這樣說了

只要我還活在這裡，

那個某人絕對不會丟下我離開

我非常確定

雙腳

將 隱形與某人之間

地面的，

約定 拉回並 我 非

丟下我

我 會站在這裡 這樣說了

所有人 還活在這裡， 默默屬於那個某人

我的目光

都為了

我之所以 而留下來

擔心著別人的人

對一個

重力 只要我 的 是因為某人

離開

總會 確定

嘗試同理失敗

他說太幸福了，太快樂了，希望能停留在此刻就好了。

我把手放在胸口，坦白說一點也沒有羨慕。我發誓，

一點都沒有感覺嫉妒。

然而我無法理解這種情感，甚至無法表示同理。

沒辦法接話，連點頭這樣再普通不過的動作都做不到。

我擔心我的笨拙看起來像是在嫉妒。

希望停留在此刻的幸福嗎？

但畫下句點的時間點也已經過去了

羨慕。

文

了 太快樂了，

他說，

動作

嘗試同理 這種情感，

說

此就好了。

笨拙

留

連 無法 在 希望

無法 感覺嫉妒。

同理。 這樣 沒辦法

希望

嘗心

像是在嫉妒。

一點也沒有

普，

但 能

再普通不過

一點都沒有 看起來

停留在

做不到。

謊話，我的

理解

此刻的 幸福嗎？

把手 放在胸口，

頁 畫下句點 我

時間點了

已經過了

加倍佳棒棒糖

如果頭變大，身體也跟著變大

是否就只是變成一大塊東西

必須計算適合的頭跟適合的身體大小

棒棒糖

也跟著變大　如果　變成　必須　適合的頭

身體　是就只是　東西

計算　大小　加倍佳

一大塊　頭變大，跟

適合的身體

現實

我聽到嬰兒的哭聲，撕裂般尖銳

一睜開眼。最後一個聲音變成了耳鳴

是夢嗎

現實

我聽到　嬰兒

的　一瞬開囂；　撕裂般尖銳

最後一個聲音

變成了

耳鳴

是夢嗎

從我手中離開的所有東西

Tomy

北極熊形狀的幼兒便盆

倉鼠

小狗

空杯子裡的水

倉鼠 空杯子

我 手中

Tomy
北極熊 小狗 的

的 裡 離開

所有東西

從

形狀

水

的

幼兒便盆

九月

想著為什麼這麼不對勁

原來是九月

希望今年你的九月也會跟我當時的九月一樣

過得渾渾噩噩的

就算是只有當時的一半

你應該也撐不下去的

九月

想著

原來是九月

今年你的九月

為什麼

這麼不對勁

就算你[illegible]

過得[illegible]噩噩的樣

也會跟我[illegible]

希望

香氣的組合

從洗手間出來後抱住我的那個人，為了顧慮我

身上充滿薄荷清香的同時

還散發著我最喜歡的香水味

即使想辦法蓋掉了還是

聞得到一絲絲菸味瀰漫在我們之間

令人格外著迷

香氣的組合

從洗手間出來後抱住我的那個人，為了顧慮我
身上充滿薄荷清香的同時
還散發著我最喜歡的香水味菸味
即使想辦法蓋掉了還是聞得到一絲絲
瀰漫
在我們之間

令人格外著迷

關聯性

我之所以不開口

是因為我的話沒有關聯性

是因為關聯性沒有存在的必要

關聯性

不開口　　　　沒有

我

是　因為

之所以　是　因為

關聯性

我的話　　沒有關聯性　　　　存在的　必要

黏糊糊

再怎麼試圖推開　是推得開的嗎

越是讓我心寒　我越愛你

就算為了讓我心生反感而製造混亂　我也會用愛奉還

就儘管折磨我吧　反正我終將會死去

黏糊糊

再怎麼　試圖
推開

是　推得開的嗎
越是讓我心寒　我越愛你
為了讓我
就算
心生反感　而　製造混亂　我也會　用愛奉還
就　儘管　折磨我的心　反正　我終將會死去

札記

今天做了一個夢。記不太得了。

我好像結婚了。睜開眼時依然是下午一點。

帶著我在書店買的《思想錄》，開車回家的路上

內心有股煩躁的不適感

當我被無知的不安與愚笨支配，

一瞬間就迷失了方向。

但如果從一開始就沒有方向感，

那需要前行的理由

是什麼

內心

《思想錄》

煩躁的

做了

一瞬間

札記

如果

無知的

今天

我

是

依然

方向。

支配，

前行的理由

一個夢。

記不太得了。

我

買的，

睜開眼時

在書店

從一開始

方向感，

回家

就 迷失了

一點。

好像

那需要

但

不適感

是什麼

帶著

有股

的路上

就沒有

結婚了。

不安與愚笨

當我被

下午

開車

飽滿的言語

沒有一個單字是用空話寫下的

也沒有一句話是不帶真心

飽滿　單字　也沒有

沒有

空話　的

一句話

是

是　一個

不帶真心

用

言語　寫下的

幸運餅乾

因為買了五萬韓元以上的書，獲得一塊幸運餅乾。

撥開一半

裡頭寫著

「即使處在危機狀況也不放棄自己、鼓起勇氣前進的你，對於立下的目標有著不屈就並堅持到最後一刻的決心與毅力。你會得到耀眼成果的。」

身而為人的證據

對於不期待的事也會感到失望

對於失望的事會感到加倍失望

我對自己感到羞愧的瞬間

即使如此令人驚訝的是

我還是會感動的人

身而為人的證據

對於不期待的事 失望

也會感到

對於 失望的事 會感到加倍失望

即使如此

我對 自己 感到羞愧的瞬間

令人驚訝的是 我還是

會感動的人

究竟

獲得解答的那天晚上

究竟

獲得　　解答　　的　　那天晚上

緊綳著的柔軟

緊握的湯匙

人們說長久的關係是最緊密的，然而最不堪一擊的往往也是這些關係。

所以我喜歡破壞長久的關係。

這帶給我鬆弛的彈性自由以及舒適的緊繃感，最重要的是創造了我別無選擇只能站穩腳步堅守的殘酷處境。

緊握的 [illegible]
是最緊密的 [illegible]
往往 [illegible] 這些關係。
所以我 [illegible] 帶給我
長久的關係 [illegible] 破壞
[illegible] 的關係。

站穩腳步　我

別無選擇

白色塊狀

有時，當我看著雲時，

覺得雲就好像浮在水上的油塊一樣。

白色塊狀

當我看著雲時，

覺得就好像

有時，一樣。

雲

浮在水上的油塊

防護罩

我更擔心的是你那顆裝滿尖銳話語的心。

因為我是比你想像中還堅強的人。

因為我是比你想像中還遲鈍的人。

因為只要撐過這段時間你就會恢復平靜。

我會吞下你吐出的每一句話，

希望你能帶走我所有的幸運。

每一句話，

希望

因為

我

你那顆

的

想像中

只要

這段時間

防護罩

是

還要堅強的人。

是比你

的

我

你吐出的

尖銳話語

就會

是

我會

比你想像中

恢復平靜。

因為

心。

我

撐過

所有的幸運

更擔心

裝滿。

因為

還遲鈍的人。

你

你能

帶走

我

散光

滿滿的雨滴凝結，

我喜歡透過窗戶看見一片模糊的景色。

滿滿的雨滴凝結，

我喜歡暈染得朦朧的車頭燈光線。

滿滿的雨滴凝結，

我喜歡彼此擁抱後滾落的水珠。

被雨點斑駁的世界令人感到痛快。

全都模糊起來吧，看看能持續多久。

鋼琴練習

媽媽的屁股坐在鋼琴椅上，我的屁股坐在媽媽的膝蓋上

媽媽的手指放在鋼琴鍵盤上，我的手放在媽媽的手上

音樂隨著媽媽的指尖擺動流瀉而出

讓我產生錯覺，好像是我也彈奏出了聲音。

鋼琴練習

我的屁股
坐在
媽媽的
膝蓋上
媽媽的屁股
坐在
鋼琴椅上，
我的手
放在
媽媽的
手上
媽媽的手指
放在
鋼琴鍵盤
上，
音樂
隨著
媽媽的
指尖
好像是
流瀉而出
讓我
產生
錯覺，
我也彈奏出了曼妙的音樂。

砝碼

一顆心懸浮在那，看不下去的我，

在懸浮的心上掛上砝碼。

當它靜靜地沉到底部，一切都寂靜了下來。

底層

一顆心　在那，看不下去　的

懸浮

我，

懸浮

在

的　心上　掛　底層。

上

當它　靜靜地　沉到底部，一切　都　寂靜了下來。

有個人

要形容他這個人的話，是個懂得道歉的人。擁有隨時能讓我開懷大笑的幽默感，還會睡覺睡到一半，起床拿吹風機幫我吹暖冰冷的手腳。就像在兜風時會將選曲交給對方，我們對彼此的音樂品味有著深厚信任，甚至時常在散發刺鼻汽油味的加油站裡跳舞。

要形容他這個人的話，是個愛說謊的人，說的謊言破綻百出，還經常要借助酒的力量。他的精力分散在好幾條支線，要擔起一點點責任都覺得吃力。根本可以說「原諒」一詞是為他存在的。

原諒他曾經是這個世界上最容易的事。

一點點責任

我們

冰冷的手腳。

有個

起床

隨時

人

音樂品味

的

跳舞。

說的謊言

幫我

這個

原諒

根本可以說

。

的話，

他這個人

開懷大笑

人

他的精力

加油站裡

要形容

睡覺

睡到一半，

兜風時

最容易的事。

是為他

都覺得吃力。

還經常

好幾條支線，

愛說謊的人，

有著深層

就像在

「原諒」

詞

對彼此的

能讓我

是個

幽默感，

刺鼻汽油味

是個

還會

拿吹風機

擁有

要形容

信任，

甚至時常

在

他曾經

是

會將選項給對方，

的

要擔起

懂得道歉

的

他這個人的話，

破綻百出，

散發

要借助

酒的力量。

分散在

吹暖

世界上

存在的。

試乘

獲得許可才上車

一旦情感的方向稍微定下來，就讓情感上車。面對上車的情感不用感到畏懼。載著情感的車如今滑順前行，沒有受到任何干擾。我感覺到它的穩定。靜靜地旁觀這份情感，看它能去到多遠的地方。有時也會抵達指尖。

透過無數次的上路，知道了情感的距離。而情感一旦上了車，就再也不會消失，

因為它的純粹性，放任它自由前行。

獲得許可
才上車
就讓情感上車。
再自由前行。
有時 無數次

藍色原子筆

我清楚地知道我現在在做什麼。但也從來沒有這麼散漫過，最重要的是，我也不想整理現在的散漫。我不知道還要觀望多久。總是同時想起兩件以上的事情，但因為失去控制，就只是在一旁注視。比起默默看著姊姊吃著從我這裡搶走的冰淇淋，現在這副模樣更愚蠢。

是藍色。手握藍色原子筆時，對我來說表示到達我的極限。

藍色

原子筆

我 清楚地 知道

我 現在

在做什麼。

但也從來 沒有

這麼 散漫過，

我 也不想

最重要的是，

我 不知道

整理

現在的 散漫。

還要 觀望多久。

總是 同時

想起 兩件

以上的

事情，因為 但

就只是

失去控制，在一旁注視。

比起 默默 看著

妹妹

吃著 從我這裡 搶走的

冰淇淋，

現在 這副模樣 更愚蠢。

藍色

是藍色。

手握

原子筆時，

對我 來說

表示

到達

我的極限。

你的價值

老是想起你，絕對不是因為我愛你。

因為沒有可以憎恨的人，我的人生變得非常無趣，

你必須填補那份空缺。

也就是說你比消磨時間還要有價值。

我時常想起這麼特別的你。

你的 價值

你。

憎恨的

老是

因為

變得

非常無趣，

不是

你

我的

特別的

那份空缺。

你

也就是說

你　比　你

還要有價值。

必須填補

消磨時間

我時常

可以

想起

想起這麼

。

沒有

痕跡的視線。

我想知道我的視線是否也能留下一條軌跡

所以用眼睛沿著目光描繪，看見了一幅巨大圖畫

鼴鼠

圖畫紙上的

痕跡的

一條軌跡

也能留下

視線。

知道

我的視線

沿著目光

所以

是否

用眼睛

描繪，

看見了

我想

一幅巨大圖畫

一個點

跳舞的時候，無論如何使用身體都無法傳遞時；

心太大，以至於身體無法承受時；

就算我大幅扭動身體，也無法完全表達自己時；

當情緒從手腳末端溢出，讓我發麻時；

感受到這副身軀極度渺小時；

我把額頭貼著地面蜷曲了起來。

泉水

沒有模仿　一切的起源都是我　並非永不枯竭的泉水
而是奔湧不息的泉水　一切衍生的事物皆源自其中

泉水
並非
永不枯竭　的
事物　都是
的
起源　模仿
而是
我
泉水
沒有
一切衍生
泉水切
的
奔湧不息
皆源自其中

何謂好的引用？

文章中引用得好。有一種是用一部知名小說裡的主角來比喻這文章主角的心境。不過，如果你沒看過小說的話也是沒用的引用。還有一種是從別的文章複製相似的段落來印證寫作。

至於生活中的引用。

何謂好的引用？

文章中引用得好。有一種是用一部知名小說裡的主角來比喻這文章主角的心境。不過，如果你沒看過小說的話，也是沒用的引用。還有

一種是從別的文章複製相似的段落來印證寫作。

至於生活中的引用。

靜靜看著吧

水泛著烏黑的色澤。

我只是靜靜往下看。聽見有人呼喚於是蹲了下來。沒有任何裝備阻礙我們之間。

因為沒有跳進去的打算，從一開始重要的就不是裝備。

儘管有各式各樣的東西漂浮在水裡，看起來依舊很乾淨。

我好像在水中也能呼吸。如果能長出鰓那更好，

想伸手泡到水裡，但距離差得太遠，最後還是放棄。

就在這時，似乎有人推了我一下，但環顧四周並沒有看見任何人。

想到比起懷疑自己更懷疑別人的我，覺得很好笑，笑了很久很久。

靜靜看著吧

水　色澤。

泛著烏黑的

我只是靜靜往下　聽見有人呼喚　於是

看。　蹲了下來。

沒有　任何　裝備

阻礙

我們之間。

因為

沒有

的

跳進去

打算，

從一開始　就不是　裝備。

重要的

各式各樣的

有

儘管

漂浮

在水裡，

看起來都很乾淨。

東西

我好像

在水中　也能呼吸。

如果

長出

能

鰓

那更好，

想　泡到　水裡，

伸手

差得太遠，最後　還是放棄。

但距離　似乎

就在這時　並沒有看見　任何人

我覺得很好笑，懷疑自己，更懷疑別人的我，

想到　四周

笑了

很久很久。

紅蘿蔔

像是肺要爆炸一樣地深吸一大口氣，不想呼出

我不想分享。心裡充滿了這樣的惡意，站在那個人面前，一句話都沒說，一口氣也沒吐。

惡劣的我

漲紅了臉，深怕被誤會是在害羞。

一口氣
漲紅了臉，
一樣地
爆炸
不想呼出
充滿了
那個人
深怕
被誤會
像是
我
我
也沒吐。
一大口氣，
都沒說，
一句話
面前，
這樣的
惡意，
要
心裡
肺
深吸
不想分享。
紅蘿蔔
惡劣的
站在
是在害羞。

最終

最終

是最後一句話的最終。

或者，

是不停繼續下去的最終。

最終，

附錄

爸爸寫的育兒日記

18個月半　　寶寶帕塔

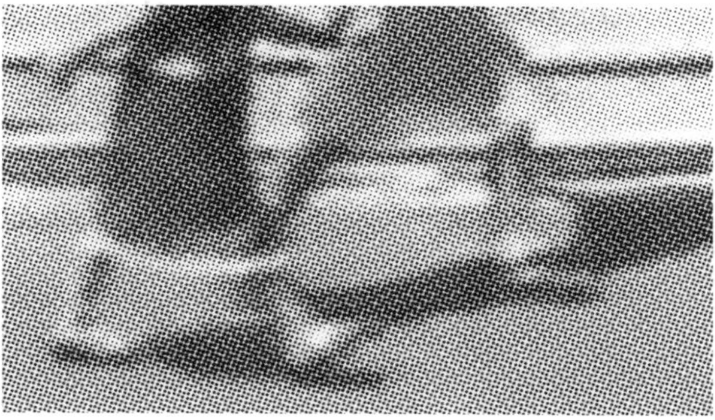

「水，來我這邊。」

這是帕塔一天到晚喊叫的主要臺詞。

由於是第二個出生的，帕塔繼承了很多大女兒使用過的東西。

帕塔在與姊姊打滾玩耍之中，也直接從姊姊身上學到了姊姊從父母那裡學習的模仿技能。因此不僅掌握語言的速度很快，連行動、邊走路邊跳舞等帕塔都是快速且穩定地上手。比起在三個人之間生活，在四個家庭成員中長大的過程一定是更能激發孩子的發展。

很多人看到帕塔時都說她長得跟媽媽一模一樣。
每個人都會抱起她、疼愛她，無一例外。
有時也可以看到她跟姊姊鬥嘴吵架。
不過那也只是一時，帕塔馬上就會轉身回到爸爸或媽媽的身邊。

當老大帶著老二玩耍時特別可以見識到姊妹兩人的感情，令人很是欣慰。
帕塔依舊有吸吮手指的習慣。
由於還沒出現嚴重的副作用，所以暫時沒有干涉。
不過，如果發現拇指有任何一丁點變形的跡象就必須採取措施了。

隨時隨地都可以看到帕塔一隻手放在嘴裡、另一隻手則摸著耳朵。當搓揉的耳垂變得溫熱，她就會換手繼續吸吮和撫摸。

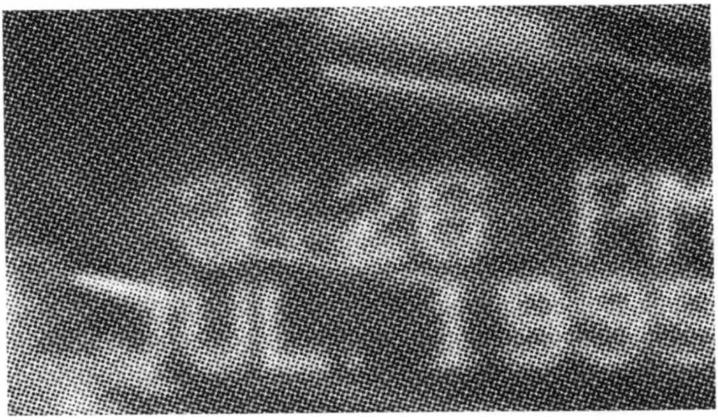

「爸爸、媽媽，那個是玩具嗎？」

在小型遊樂場奔跑玩耍的兩個女兒異口同聲地喊道。順著她們指的方向看過去，木椅上有一個白色塑膠袋在路燈的照射下格外顯眼。

「那是別人的東西，不要碰。」來自媽媽的教導。兩個孩子四處跑來跑去，再次經過那附近時往塑膠袋裡看了一眼。因為過了將近一小時，仍然沒有人接近那個地方。

「媽媽，這是水族館。」她告訴我們那是養魚的魚缸。

但我跟老婆只當作隨口說的話聽聽，繼續專注在我們自己的交談。

「好，不要去碰。」
隨著夜溫升高，聚集到遊樂場的居民們貌似變多了。兩個女兒現在抓著單槓轉圈玩耍。為了讓孩子們在視線範圍內，我們移動到她們附近坐下。

在老婆暫時離開座位去自動販賣機買咖啡的時候，老大靠近了坐在塑膠袋旁邊的我。她輕輕地打開裝有魚缸的袋子。「爸爸，這裡有一封信耶？」我把大女兒說是信的紙條抽出來看。

〈請好好飼養．拜託了〉現在我開始認真打開塑膠袋尋找裡頭的東西。
「是倉鼠！這裡還有飼料。」
小小的信封袋又寫著這些字。〈請不要餵太多．倉鼠飼料〉

此時，老么已經跑去跟媽媽說了這個狀況。當她再次回到我們這裡，我問兩位女兒：

「你們希望怎麼做呢？」

「我想帶回家……但媽媽她……」老大想最後確認媽媽的意思。在這期間老么又一溜煙地跑去徵求媽媽的同意。孩子們似乎知道媽媽會怎麼想。雖然是小小的動物，但顯然會擔心氣味、疾病、以及照顧時需要花費的精力。

小女兒又回來了，這次是用走的過來。有氣無力地。在無法獲得媽媽最終的同意下，大女兒糾結的樣子完整地看在我眼裡。

無法忍受這樣的氣氛，於是我開口問了。

「你們能照顧好牠嗎？」

「爸爸！就算把牠留在這邊也會死啊。」

經過短暫的對話後，我說：「那就帶走吧！」接著一把抓起白色塑膠袋。媽媽像是放棄似地跟在後頭，而我們走在前方回家的路上，我突然很好奇那隻小動物為什麼會在那個時間出現在那裡。

記得有次在五岔路口的銀行前看見有人販售小兔子。因為太可愛了，我們停下腳步觀賞了好一陣子。那時小女兒吵著要我們買下來，為了避免那種情況，我們回她「下次」。想起了小女兒把「下次」鎖定在自己的生日那天。

「等我下次生日的時候買，好嗎？」

那天是二女兒的生日。

用生日蛋糕代替了早餐，並插上九根蠟燭。

當時我們沒能準備什麼像樣的禮物。

「卡莉！帕塔！爸爸覺得這是上帝放在這裡要當作帕塔的生日禮物的。」

那天話暫時變少的老婆，在經過五天後的現在——

「該幫牠換木屑了。」

「該幫牠把家弄大一點了。」

「該買個轉輪讓牠運動了。」站在倉鼠那一邊，變得最多話。

黑暗的天空。

儘管樹枝在搖晃，卻覺得有些悶熱，不過隨後漸漸開始感到一絲涼意。我們把那隻被棄養的動物當作禮物抱回家的那天，到了傍晚時暴雨傾盆而下。「如果我們沒有把牠帶回來的話……」

不是玩具，

不是魚缸，

不是塑膠袋裡的倉鼠

我們家裡現在有兩隻小老鼠在跟三個女生一起開心地玩耍。

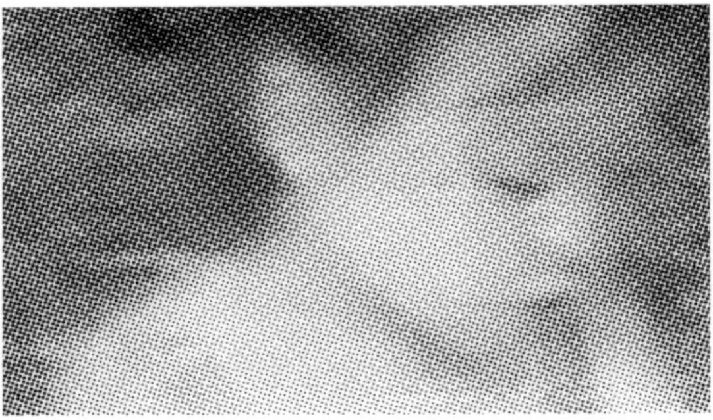

約莫到了晚上九點，老二就會開始沒電。
像新鮮蔬菜被陽光短暫照射後漸漸失去活力一樣，大約十點左右，她幾乎毫無例外地躺在床上指定要聽「班吉的故事」。

《班吉的故事》
原本的名字是「Benjamin & Bluemchen」，將班傑明簡稱為「班吉」，他的女朋友則是以原本的名字稱呼，叫「小花」。在德語Bluman（花）後面加上了接尾詞，就像在Madem（女士）後面加上chen會變成Mädchen（少女）一樣。

班吉是從外太空來到地球的外星人。

我曾在二〇〇三年待過的城市聯邦圖書館裡閱讀了近四百多頁、將「羅斯威爾事件」的始末以紀錄片方式撰寫的書。這本書是大量使用真實資料並親自採訪事件目擊者的資料錦集。我對於故事的客觀描述就是從這本書而來的。此外還讀過一本《一日長於百年》，從那本書裡我獲得了更多的想象力。

事實上，我給卡莉和帕塔講睡前故事應該是從她們可以聽故事的兩到三歲開始的。兩個孩子躺在左右兩邊，有時聽著爸爸說故事，有時則聽著卡帶入睡。

回想起來，一年中好像講了超過三百次的故事。
幾年前開始老大時常自己聽著音樂入睡，所以不會在我身邊，但帕塔即使成為國中生依然會聽著我的故事入睡。

但最近，要找到班吉的故事的素材並不容易。因為從外太空來的班吉已經體驗了各種在地球上能做的事。

班吉的身高1公尺又20公分。

年齡300歲。

他把搭乘前來地球的UFO藏在深山後方，穿著一件特殊灰色塗料的薄衣服。沒有鼻梁，三根手指，有著先天能理解動物與人類語言的超能力。在它的星球沒有植物，而是充滿各式各樣的機械裝置，因此它來到地球是為了尋找可以帶回自己星球種植的植物。他的弱點是不會游泳，最近在學騎腳踏車。

以這樣背景為基礎的班吉的故事已經接近40集。

是將韓國童話書的所有故事、迪士尼故事、拉封丹寓言故事，以及格林兄弟寫的故事做改編，胡亂捏造的一個個故事。

忠實聽眾從兩個變成一個。
講故事的人有時會因為一天工作的疲憊而胡言亂語，甚至自己先睡著，不過大多時候是聽故事的人連5分鐘都不到就先將耳朵闔上。
隔天我們會一起討論：「昨天晚上講到哪裡了？」然後繼續一起編造班吉的故事。

「帕塔，今天的故事是班吉去到非洲的故事。班吉搭乘前來的太空船飛到美國要花5分鐘的時間，到非洲肯亞則需要8分鐘。要讓太空船在哪裡登陸呢？想著想著就過了吉力馬札羅……」久違地又開始編故事了。

雖然有些幼稚，但很感謝女兒認真聽我講故事。當我在描述班吉以及班吉的女朋友小花在肯亞遇見非洲人的場景時，我感覺握在手裡的女兒的手開始慢慢鬆開。

呼吸很平穩。

不知不覺中就睡著了。

我輕輕掀開薄被子，放下一旁一起聽故事的小狗後回到了我的房間。

小狗也回到這孩子的床底下，在自己的小窩趴了下去。

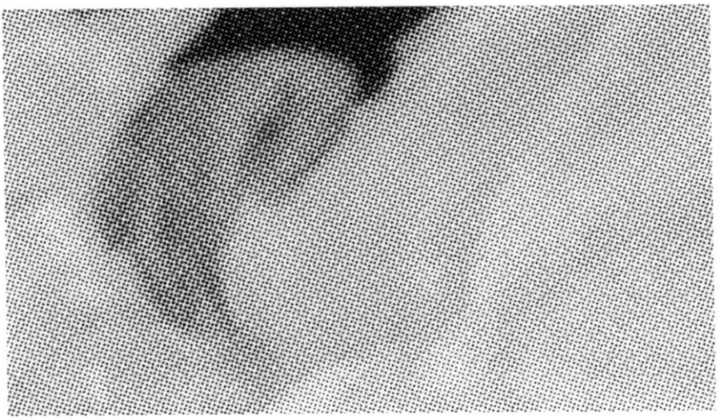

天空很晴朗。

伸出手感受了一下。

風有點涼。

往下望去，停車場空蕩蕩的。

尚未西斜的太陽將正正方方的陽光灑落在四周的庭院上。

禮拜六的上半天。

今天是大女兒把腳踏車交給小女兒的日子。

早上去了附近一間名叫「Rad & Tat」腳踏車販賣店。

買了兩個小小的Ventil（氣嘴）。
因為發現大女兒腳踏車灌風的地方有點小問題。

現在輪到小女兒了。
將坐墊調低了一個手掌左右。
也重新調整了把手的高度。
四歲的帕塔第一次坐上兩輪腳踏車。

「爸爸，千萬不要放開手喔。」
「好，你只要看著前面、兩腳用力踩。快要摔倒的時候就這樣轉動把手。」

我把右手放在座墊下，找到可以抓住的地方。
在幫助大女兒卡莉學騎腳踏車的時候，我領悟到了秘訣：
當人和腳踏車合而為一體，這個物體的重心就是在座墊下方。
抓住這個地方可以最有效地扶正搖搖晃晃的腳踏車。

左手則準備在緊急情況發生時抓住把手。

大約騎了三四圈後，發現帕塔已經很習慣操控把手了。
經過一段有點坡度的地方時，我稍微放開了右手。
真的是稍稍放開，大概一眨眼的時間。
在那期間她獨自騎了4～5公尺。
接著馬上開始搖晃起來。
我趕緊將鬆開的手重新放回座墊下，把腳踏車扶正。

「爸爸，我不是叫你別放手嘛！」
她生氣地說，臉漲得紅通通的。
她看著我的眼神充滿了害怕。
「爸爸不是在這裡嗎。快摔倒的時候就像這樣馬上幫你抓著。」
我因為感到抱歉，小聲地輕輕安撫著。
「你就在我手裡，有什麼好害怕的呢？」
沒能說出口，只是在心裡默默嚥下這句話。
小女兒帕塔一定是堅信爸爸會緊緊跟在自己身後。

「你就在我手裡……」我不停咕噥著。

在四歲的小女兒充滿害怕的眼神中，
我看見了她對爸爸絕對的信任。
在這份信任中她可以盡情地發火，這是我們兩人之間的絕對關係。

這個小小的孩子將一切都交給爸爸，騎著腳踏車前行的路上。
我緊緊抓住了那個孩子，承諾會負起一切責任。

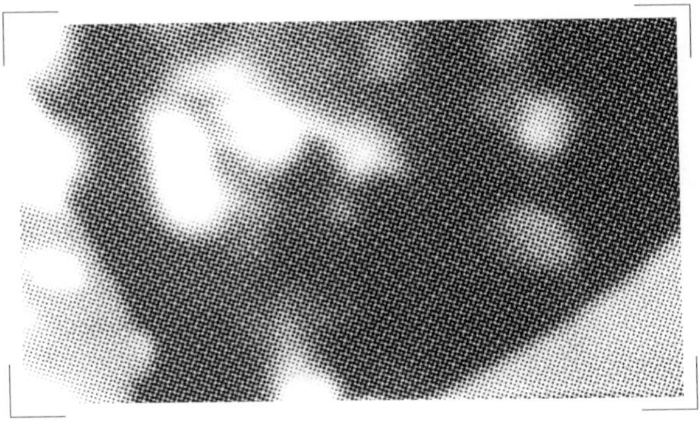

兩個孩子升學後，給我們家帶來的變化就只有早上忙碌的時間提前了三十分鐘。今天也跟往常一樣，在七點十五分時開車出發了。

把車子停在社區的麵包店前，買了裝有四個三明治的商品。喝著紙盒裝的蘋果汁，說跟朋友約好在三十分見面、催促我快一點。

二女兒帕塔說的約定場所是開車不用兩分鐘，近在咫尺的公車站。

有時兩個孩子會在同樣的地方分別搭乘不同的公車各自上學去。從出家門開始手裡就緊緊握著幾根加倍佳棒棒糖的二女兒匆忙下車了。沒有搖上車窗，也沒有回頭……

隨後，大女兒也戴著耳機一聲不響地下車了。

我環顧了一下旁邊的座位，發現有一根棒棒糖孤零零地在那裡。

『平時他們總是三個好朋友一起搭車，現在少了一根，只拿著兩根的話應該會很尷尬吧。』

想像女兒的為難窘境，心裡很不好受。

我把車停在公車站的空位，透過搖下的車窗叫了老二的名字。

揮了揮被留下的棒棒糖，喊了好幾次她的名字要她拿走，但她忙著跟朋友們聊天沒有聽見。

老大先聽見了爸爸的聲音。

立刻從車窗縫隙搶走了棒棒糖。

帕塔隨後才看見這個場景。

我覺得老大最近很常欺負妹妹，連在外面也是如此。

無奈之下只好放棄干涉她們倆的關係，繼續走我自己的路。

……

稍微晚了一點的晚餐時間。

全家四口聚集在一塊。

「帕塔，早上時候跟朋友總共三個人，但棒棒糖只有兩根，你是怎麼解決的？」

我好奇那會非常尷尬的窘境，於是問了帕塔。

「爸爸，我本來就拿了四根出門，怕有個萬一才多拿了一根。我知道掉了一根，所以三根剛剛好！」

原來是這樣啊！

我沒有料到帕塔會想著要算到備用的數量去準備糖果。

「我想著少了一根該怎麼辦，還很擔心的說。」

孩子們的想法是超乎大人想像的。常常這樣。尤其在我們家。

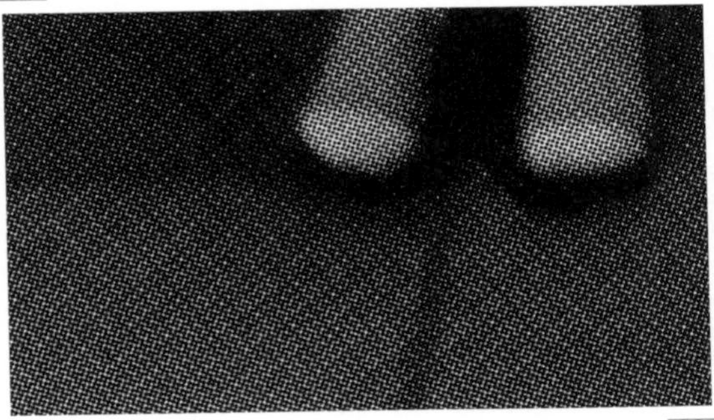

從幾年前開始，我們決定例行舉行「秘密投票」。

〈議題：作為晚餐後的點心，去店裡要買什麼東西回來？〉

自從卡莉三年級在學校學了有關投票的內容後，這變成我們一家四口決定意向時常常使用的方式。舉例來說：

外食的時候要選擇哪間餐廳？

散步的時候要往哪個方向？

雖然有時卡莉和帕塔會互相使眼色串通，但基本上沒有太大問題，會服從多數人的決定。

帕塔把一張印表機裡的A4紙裁成四份。

分給每人一支筆。

在彼此看不見的情況下寫下希望商品，對摺兩次後交給大女兒。

立即開票。然後一邊朗讀一邊記錄。

Brot（麵包）：1票

巧克力派：1票

餅乾：1票

Chips und Eis（薯片與冰淇淋）：1票

Bären-essen（熊吃的東西）：1票

我問四個人怎麼會出現五張票，說是兩天前買的小熊娃娃也行使了一票投票權。最後一張票就當作是「熊吃的東西」。打開投票紙後馬上就可以知道是誰寫的字。各自拿在手上的筆的種類顏色也都不同，但對秘密投票仍沒有異議。

很明顯地，麵包是媽媽寫的；巧克力派是卡莉；餅乾是帕塔；薯片與冰淇淋是我的字，而從難以辨認的潦草字跡來看，最後一張投票紙肯定是小熊用爪子寫的。

和孩子們折衷了意見，最終決定買薯片與冰淇淋。
跑腿當然是爸爸的任務。我挑選了孩子們詳細告訴我的薯片與冰淇淋種類。
順便在家門前的自動販賣機買了三百韓元的咖啡。給媽媽的。

三個女生全都稱讚我買得好。

下一次秘密投票的議題會是什麼，孩子們的心靈是否會像她們的身高一樣迅速成長，爸爸媽媽總是充滿好奇。
卡莉啊，帕塔啊。

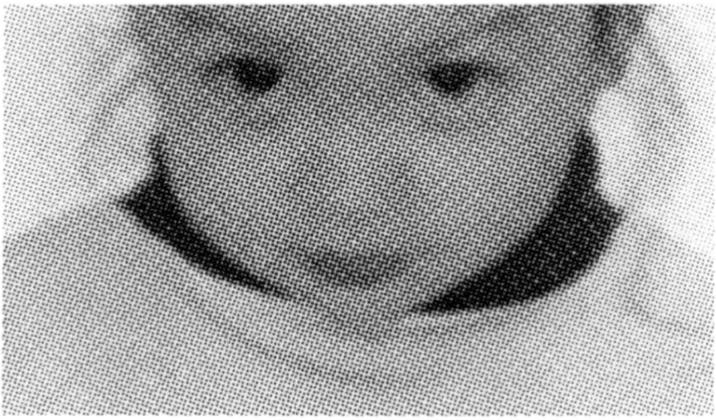

昨天中午十二點整，帕塔所屬的小組舉辦了發表會。

每周一下午的兩點半到三點半帕塔會上芭蕾舞課，她所在的小組聚集了年齡最小的六歲孩子們。她們穿著一身深粉紅色，有如某個網站首頁主選單背景色。

根據年齡以及學習能力的不同，學生會分別穿上粉紅色、白色、綠色、紅色、黑色等顏色的服裝。就像跆拳道繫的腰帶一樣。

媽媽一早就先出門演奏了。

儘管媽媽已經準備好幾樣重要的東西，但光準備孩子們的衣服、髮箍、鞋子以及錄影機等還是花了一整個上午。

帕塔拿了兩個五顏六色的髮夾站到了鏡子前面。

幾天前她剪了短髮，所以沒辦法夾太大的蝴蝶結。為了固定耳朵上方稍微翹起的髮絲，她反覆嘗試了好幾次。

終於成功把一個髮夾牢牢夾住。

另一個則夾在另一邊耳朵的上方，

「爸爸你看，這邊會往下掉……。」

仔細一看，一邊確實掉下來了。試了幾次之後，我笑著說：「帕塔，應該是這個髮夾彎了，所以沒辦法夾緊。」

接著穿絲襪的時候，光是要挑到喜歡的絲襪又耗費了不少時間。如果媽媽在，肯定會直接說：「就穿這個！」然後毫無選擇地服從……

我知道，孩子們把爸爸視為水一般的存在。

而爸爸也知道，女兒們沒有水就沒辦法活下去。

儘管芭蕾舞教室在離家不到一分鐘的地方，我們卻總是壓線抵達。整個室內已經擠滿了爸爸媽媽和爺爺奶奶們。

休息室裡有著精心吊掛芭蕾舞鞋的聖誕樹，還免費提供烤得香噴噴的餅乾和咖啡。我搶在前頭進到表演會場，把錄影機架在前排玻璃的左側角落。

我把帕塔努力跑跳的模樣用照片及影片一個都沒落下地捕捉了下來。大部分時候她隨著鋼琴音樂奔跑，接著突然停下動作，用身體表演老師指定的字母，或者展示走路和行禮的方式。雙手向前合攏，輕快地向前跳躍，接著再向後跳。

其中有位叫做「約納斯」的男孩，老是自顧自地到處亂跳，帶給大家歡笑。表演結束後，孩子們紛紛跑到各自爸媽的懷裡。大家一貫地豎起大拇指稱讚道：「Super！（太棒了！）」「Du bist toll！（你真的很棒！）」告訴自己的孩子他們表現得最好。

我也對帕塔說了相同的話。

「帕塔，你跳得最好了！」我注意到帕塔的嘴唇因為緊張而有點乾燥，帕塔也坦誠地說她很緊張。

養育子女時，我常在想：「我應該不要吹捧小孩。」但這真的很不容易。一個人的品行要達到何種境界才能做到這件事。

尤其是在與外國孩子們一起成長的環境中，我們更容易自尊心作祟。

深夜，爸爸媽媽再次看了用錄影機拍下的我們家帕塔的芭蕾舞表演，懷著欣慰的心情結束了這一天。

帕塔告訴我現在下雪了。

在城牆後方的寬闊草坪上覆蓋了一層紗般的薄霜。

現在，

; ; ; ;   ; ; ; ;

; ; ; ;   ; ; ; ;

一、二、三，白雪逐漸向上層層堆疊。

國家圖書館出版品預行編目(CIP)資料

Pata帕塔：文佳煐的私人時光 / 文佳煐作；鍾沅容譯. -- 初版. -- 新北市：遠足文化事業股份有限公司好人出版：遠足文化事業股份有限公司發行, 2025.01
面；　公分
譯自：파타
ISBN　978-626-7591-15-4(精裝)

862.6　　113018991

生有可戀 01

PATA 帕塔
文佳煐的私人時光

作　　者	文佳煐 문가영		
譯　　者	鍾沅容	校　　對	呂明璇
視覺製作	柯進祥	行　　銷	呂玠忞
裝　　幀	이지선	總 編 輯	林獻瑞
編　　輯	麥子	印　　務	李孟儒

出　　版　好人出版 / 遠足文化事業股份有限公司
發　　行　遠足文化事業股份有限公司（讀書共和國出版集團）
新北市新店區民權路 108 之 2 號 9 樓
電話 02-2218-1417　傳真 02-8667-1065
網址 www.bookrep.com.tw
郵撥帳號 19504465　遠足文化事業股份有限公司
客服信箱　atmanbooks@bookrep.com.tw
法律顧問　華洋法律事務所　蘇文生律師
印　　製　中原造像股份有限公司
特別致謝　SilkRoad Agency 高惠淑、韓秀熙、PEAK J ENT. 김혜경
出版日期　2025 年 1 月　初版一刷
2025 年 2 月　初版二刷
定　　價　550 元
I S B N　978-626-7591-15-4（精裝）
978-626-7591-12-3（EPUB）
978-626-7591-13-0（PDF）

封面及書中照片為作者拍攝